A lista dos meus desejos

Grégoire Delacourt

A lista dos meus desejos

Tradução
André Telles

ALFAGUARA

Copyright © 2012 by Éditions Jean-Claude Lattès
Todos os direitos reservados

Todos os direitos desta edição reservados à
Editora Objetiva Ltda.
Rua Cosme Velho, 103
Rio de Janeiro — RJ — Cep: 22241-090
Tel.: (21) 2199-7824 — Fax: (21) 2199-7825
www.objetiva.com.br

Capa
Marianne Lépine

Revisão
Rita Godoy
Tamara Sender
Ana Grillo

Editoração eletrônica
Abreu's System Ltda.

CIP-BRASIL. CATALOGAÇÃO-NA-FONTE
SINDICATO NACIONAL DOS EDITORES DE LIVROS, RJ
D376L
    Delacourt, Grégoire
        A lista dos meus desejos / Grégoire Delacourt; tradução André Telles.
    – Rio de Janeiro: Objetiva, 2013.

        150p.   ISBN 978-85-7962-213-7

        1. Romance francês. I. Telles, André. II. Título.

13-0845.   CDD: 843
                                       CDU: 821.133.1-3

*Para a garota sentada no carro;
sim, ela estava lá.*

"Todos os sofrimentos são permitidos,
todos os sofrimentos são recomendados;
o importante é seguir em frente, é amar."

Le Futur intérieur, Françoise Leroy

A gente sempre conta mentiras.

Por exemplo, sei perfeitamente que não sou bonita. Não tenho olhos azuis em que os homens se contemplem; em que tenham vontade de se afogar para que a gente mergulhe e os salve. Não tenho corpo de manequim; sou do tipo cheinha, gordinha, pronto. A que ocupa um lugar e meio. Os braços de um homem de compleição mediana não conseguem enlaçar completamente o meu corpo. Não tenho a graça daquelas a quem eles murmuram longas frases, com suspiros à guisa de pontuação; não. Atraio antes a frase curta. A fórmula brutal. O osso do desejo, sem invólucro; sem a gordura confortável.

Sei tudo isso.

E, ainda assim, antes de Jo chegar do trabalho, me acontece de subir ao nosso quarto e me plantar diante do espelho do armário — preciso lembrá-lo de prendê-lo na parede antes que um dia desses ele me esmague durante minha *contemplação*.

Fecho então os olhos e me dispo lentamente, como ninguém jamais me despiu. Sempre sinto um pouco de frio; fico arrepiada. Quando estou completamente nua, espero um pouco antes de abrir os olhos. Saboreio. Divago. Sonho. Revejo os corpos perturbadores e lânguidos nos livros de pintura espalhados pela nossa casa; mais tarde, os corpos mais crus das revistas.

Em seguida, ergo lentamente as pálpebras, como se fosse em câmera lenta.

Observo meu corpo, os olhos pretos, os seios pequenos, minha boia de carne, minha floresta de pelos escuros, me acho bonita e, naquele instante, juro pra vocês, sou bonita, muito bonita mesmo.

Essa beleza me deixa profundamente feliz. Incrivelmente forte.

Me faz esquecer as coisas feias. O armarinho um pouco entediante. As fofocas e a loteria de Danièle e Françoise — as gêmeas donas do salão Coiff'Esthétique, contíguo ao armarinho. Essa beleza me faz esquecer as coisas imóveis. Feito uma vida sem histórias. Feito essa cidade pavorosa, sem aeroporto; essa cidade cinza, de onde é impossível fugir e aonde ninguém chega, nenhum ladrão de corações, nenhum cavaleiro branco montado num cavalo branco.

Arras. 42 mil habitantes, 4 hipermercados, 11 supermercados, 4 fast-foods, algumas ruas medievais, uma placa na rue Miroir-de-Venise indicando aos transeuntes e esquecidos que aqui nasceu Eugène-François Vidocq em 24 de julho de 1775. E depois meu armarinho.

Nua, deslumbrante diante do espelho, sinto que bastaria bater os braços para voar, leve e graciosa. Para meu corpo juntar-se aos dos livros de arte espalhados na casa de minha infância. Seria, então, belo como eles; definitivamente.

Mas nunca me atrevo.

O barulho de Jo, embaixo, sempre me surpreende. Um rasgo na seda de meu sonho. Visto-me às pressas. A penumbra cobre a alvura de minha pele. Conheço a beleza rara sob minhas roupas. Mas Jo nunca a vê.

Uma vez, ele me disse que eu era bonita. Isso faz mais de vinte anos, e eu tinha pouco mais de vinte anos. Estava elegante, vestido azul, cinto dourado, imitando Dior; ele queria fazer amor comigo. Seu elogio tinha por motivo as minhas belas roupas.

Estão vendo, a gente sempre conta mentiras. Porque o amor não resistiria à verdade.

Jo é Jocelyn. Meu marido há vinte e um anos.

É parecido com Venantino Venantini, galã que fazia Mickey o gago em *O trouxa*, e Pascal o vilão em *O testamento de um gângster*. Maxilar enérgico, olhar triste, sotaque italiano sedutor, sol, pele dourada, arrulhos na voz capazes de arrepiar uma galinha, com a ressalva de que, no meu caso, o meu Jocelyno Jocelyni tem dez quilos a mais e um sotaque longe de aturdir as garotas.

Ele trabalha na Häagen-Dazs desde a abertura da fábrica, em 1990. Ganha dois mil e quatrocentos euros por mês. Sonha com um televisor tela plana para substituir o nosso velho Radiola. Com um Porsche Cayenne. Com uma lareira na sala. Com a coleção completa do James Bond em DVD. Com um relógio Seiko. E com uma mulher mais bonita e jovem do que eu: mas isso ele não me diz.

Temos dois filhos. Três, na verdade. Um menino, uma menina e um cadáver.

Romain foi concebido na noite em que Jo falou que eu era bonita, quando essa mentira me fez perder a cabeça, as roupas e a virgindade. Havia uma chance em milhares de eu engravidar na primeira vez e fui premiada. Nadine chegou dois anos depois e, desde então, nunca mais recuperei o peso ideal. Fiquei gorda, uma espécie de grávida vazia, um balão cheio de nada.

Uma bolha de ar.

Jo parou de me achar bonita, de me tocar; começou a passar a noite na frente do Radiola, tomando sorvetes que lhe davam na fábrica e depois bebendo cerveja 33 Export. E me acostumei a dormir sozinha.

Uma noite, ele me acordou. Estava bem duro. Estava bêbado, chorava. Então assenti e naquela noite Nadège esgueirou-se em meu ventre e afogou-se em minhas carnes e meu sofrimento. Quando saiu, oito meses mais tarde, era azul. Seu coração estava mudo. Mas tinha unhas sublimes, cílios compridos, e, mesmo sem jamais ter visto a cor de seus olhos, tenho certeza de que era bonita.

No dia do nascimento de Nadège, que foi também o de sua morte, Jo parou com as cervejas. Quebrou um monte de coisas na cozinha. Gritou. Falou que a vida era nojenta, que a vida era uma puta, uma puta escrota. Socou o peito, a testa, o coração e as paredes. Disse que a vida não dura nada. Isso é injusto. O negócio é aproveitar, puta merda, porque não temos tempo; meu bebê, continuou, falando de Nadège, minha filhinha, onde está você? Onde está minha pulguinha? Com medo, Romain e Nadine refugiaram-se no quarto e, a partir desse dia, Jo começou a sonhar com as belas coisas que tornam a vida mais suave e a dor menos profunda. Um televisor tela plana. Um Porsche Cayenne. James Bond. E uma mulher bonita. Ele estava triste.

 Meus pais, por sua vez, me deram o nome de Jocelyne.

 Havia uma chance em milhões de eu me casar com um Jocelyn e tinha de ser eu a premiada. Jocelyn e Jocelyne. Martin e Martine. Louis e Louise. Laurent e Laurence. Raphaël e Raphaëlle. Paul e Paule. Michel, Michèle. Uma chance em milhões.

 E fui a premiada.

Voltei a trabalhar no armarinho no ano em que me casei com Jo.

Estava lá fazia dois anos quando a dona da loja se engasgou com um botão, que ela mordera a fim de se certificar de que era de fato marfim. O botão deslizou sobre a língua úmida, insinuou-se na laringofaringe, atacou a membrana cricotireóidea e penetrou na aorta; a sra. Pillard, portanto, não se ouviu sufocar, tampouco eu, aliás, com o botão tapando tudo.

Foi o barulho da queda que me alertou.

Ao desabar, o corpo arrastou as caixas de botões; oito mil rolaram pela lojinha e foi a primeira coisa em que pensei ao descobrir o drama: quantos dias e noites eu passaria de quatro separando os oito mil botões fantasia, metal, madeira, infantil, alta-costura etc.

O filho adotivo da sra. Pillard veio de Marselha para o enterro, sugeriu que eu comprasse a loja, o banco concordou e, em 12 de março de

1990, um delicado pintor veio gravar *Armarinho Jo, ex-Casa Pillard*, na fachada e na porta do estabelecimento. Jo estava orgulhoso. *Armarinho Jo*, dizia, estufando o peito, como se condecorado, Jo, Jo sou eu, é o meu nome!

Eu olhava para ele, achava-o bonito e ruminava que era uma sorte tê-lo como marido.

Esse primeiro ano de casamento foi fulgurante. O armarinho. O novo emprego de Jo na fábrica. E o nascimento anunciado de Romain.

Até o momento, porém, o armarinho nunca rendeu muito. Sou obrigada a enfrentar a concorrência de 4 hipermercados, 11 supermercados, os preços irrisórios do armarinho da feira de sábado, a crise, que deixa as pessoas medrosas e más, e o conformismo de meus concidadãos, que preferem a facilidade do prêt-à-porter à criatividade do artesanal.

Em setembro, recebo algumas encomendas de etiquetas, para costurar ou termocolantes; alguns zíperes, agulha e linha de quem pretende cerzir as roupas do ano anterior em vez de comprar novas.

No Natal, moldes de fantasias. A princesa é a que tem mais saída, seguida pelo morango e a abóbora. No lado masculino, o pirata funciona bem e ano passado foi a loucura do sumô.

Depois, é um marasmo, até a primavera. Uma ou outra venda de caixas de costura, duas ou três máquinas e fazenda a metro. Esperando um milagre, faço tricô. E meus modelos são um sucesso. Principalmente os cueiros para recém-nascidos, cachecóis e suéteres de crochê.

Fecho a loja entre meio-dia e duas e vou almoçar sozinha em casa. Às vezes, quando está sol, vou, com Danièle e Françoise, comer um *croque-monsieur* numa varanda, no L'Estaminet ou no Café Leffe, na praça dos Heróis.

São bonitas as gêmeas. Sei muito bem que me usam para valorizar suas silhuetas delgadas, suas pernas compridas, seus olhos claros de corsa; deliciosamente ariscas. Sorriem para os homens que almoçam sozinhos ou em dupla, fazem caras e bocas, às vezes arrulham. Seus corpos lançam mensagens, seus suspiros são garrafas ao mar e, eventualmente, um homem recolhe uma, o tempo de um café, uma promessa sussurrada, uma desilusão — os homens não têm nenhuma imaginação; chega então a hora de reabrir nossas lojas. É sempre nesse instante, no caminho de volta, que nossas mentiras aparecem. Estou cheia dessa cidade, tenho a impressão de viver num livro de história, ahhh, é irrespirável, diz Danièle, daqui a um ano estarei longe, ao sol, vou turbinar os seios. Se eu tivesse dinheiro, acrescenta Françoise, largaria tudo, assim, num piscar de olhos. E você, Jo?

Eu seria bonita e magra e mais ninguém mentiria para mim, nem mesmo eu. Mas não respondo nada, me limito a sorrir para as bonitas gêmeas. A mentir.

Quando não temos fregueses, elas sempre me sugerem uma manicure ou um *brushing,* uma máscara ou um fuxico, como costumam dizer. Quanto a mim, tricoto boinas ou luvas que elas nunca usam. Sou gorda, mas, graças a elas, arrumada, com as unhas sempre em dia; sei quem está transando com quem, dos problemas da Denise da Maison du Tablier com a traidora Geniève de Loos e seus 49º de álcool, da cerzideira do Chez Charlet-Fournie, que ganhou vinte quilos depois que seu marido se enrabichou pelo aplicador de xampu do Chez Jean-Jac, e todas as três temos a impressão de ser as três pessoas mais importantes do mundo.

Enfim, de Arras.

Da rua, em todo caso.

Pronto. Tenho quarenta e sete anos.

Nossos filhos partiram. Romain está em Grenoble, no segundo ano de uma faculdade de comércio. Nadine, na Inglaterra, onde é baby-sitter e faz filmes de vídeo. Um deles foi exibido num festival em que ela ganhou um prêmio e depois disso a perdemos de vista.

A última vez que nos reunimos foi no último Natal.

Quando o pai perguntou o que ela fazia, ela sacou uma pequena câmera da bolsa e a conectou no Radiola. Nadine não gosta das palavras. Fala muito pouco desde que começou a falar. Nunca disse mamãe estou com fome, por exemplo. Levantava-se e pegava alguma coisa para comer. Nunca disse: me faça recitar a lição, o poema, as tabuadas de multiplicação. Guardava as palavras consigo, como se fossem raras. Conjugávamos em silêncio, ela e eu: olhares, gestos e suspiros no lugar de sujeitos, verbos e predicados.

Na tela, surgiram imagens em preto e branco de trens, trilhos, agulhas ferroviárias; no início, era bem lento, depois tudo se acelerou imperceptivelmente, imagens sobrepuseram-se, o ritmo se tornou avassalador, fascinante; Jo se levantou, foi pegar uma cerveja sem álcool na geladeira; eu não conseguia desgrudar os olhos da tela, minha mão pegou a de minha filha, *sujeito*, ondas percorreram meu corpo, *verbo*, Nadine sorriu, *predicado*. Jo bocejava. Eu chorava.

Quando o filme terminou, Jo declarou que, em cores, com som e num televisor tela plana, seu filme não faria feio, filhinha, enquanto eu dizia obrigada, obrigada, Nadine, não sei o que você quis dizer com seu filme, mas eu *realmente* senti alguma coisa. Ela desconectou a pequena câmera do Radiola e sussurrou, olhando para mim: escrevi o *Bolero* de Ravel em imagens, mamãe, para que os surdos pudessem ouvi-lo.

Apertei então minha filha nos braços, contra minha carne flácida, e deixei minhas lágrimas fluírem porque, embora eu não entendesse tudo, pressentia que ela vivia num mundo sem mentiras.

Enquanto esse laço durou, fui uma mãe realizada.

Romain chegou mais tarde, na hora do panetone e dos presentes. Trazia uma *garota* no braço. Bebeu Tourtel com o pai, fazendo-se de difícil; isso é xixi de gato, disse, e Jo calou-o deixando escapar um cruel pois bem, então pergunte a Nadège o que o álcool faz, ela vai te dizer, sua besta, sua grande besta. A *garota* então bocejou e o Natal foi pra cucuia. Nadine não se despediu, ela se eclipsou no frio, volatilizada como vapor. Romain terminou o panetone; limpou os lábios com as costas da mão, lambeu os dedos e então me perguntei de que serviram todos aqueles anos ensinando-o a se comportar direito, a não apoiar os cotovelos na mesa, a dizer obrigado; todas essas mentiras. Ele, por sua vez, antes de ir embora, comunicou que estava largando os estudos para ir trabalhar, com a garota, como garçom no Palais Breton, uma creperia situada em Uriage, estância termal a dez minutos de Grenoble. Olhei para o meu Jo; meus olhos gritavam, fale alguma coisa, impeça-o, detenha-o, mas ele se limitou a erguer a garrafa para o nosso filho, como costumam fazer os homens nos filmes americanos, desejando-lhe boa sorte, e foi tudo.

Pronto. Tenho quarenta e sete anos.

Nossos filhos agora vivem suas vidas. Jo ainda não me trocou por uma mais moça, mais magra, mais bonita. Trabalha muito na fábrica; ganhou um prêmio no mês passado e está fazendo um estágio, disseram que um dia poderia ser gerente; gerente, isso o deixaria perto de seus sonhos.

Seu Cayenne, seu televisor tela plana, seu relógio-cronômetro.

Quanto a mim, meus sonhos me abandonaram.

No colégio eu sonhava com Fabien Derôme e foi Juliette Bocquet quem teve direito a seu beijo.

No 14 de julho de meus treze anos, dancei "L'Été indien" com meu cavaleiro e rezei para que ele aventurasse a mão em meu esboço de seio; nada feito. Após a música lenta, eu o vi rindo com os colegas.

No ano de meus dezessete anos, sonhei que minha mãe se levantava da calçada onde caíra brutalmente emitindo um grito que não saíra, sonhei que aquilo não era verdade, não era verdade, não era verdade; que não houve aquela mancha súbita entre suas pernas molhando vergonhosamente o vestido. Aos dezessete anos, meu sonho era que minha mãe fosse imortal, que um dia pudesse me ajudar a fazer meu vestido de noiva e me aconselhar na escolha do buquê, do sabor do bolo, da cor delicada dos confeitos.

Aos vinte anos, eu sonhava ser estilista, ir para Paris e ter aulas no Studio Berçot ou no d'Esmod, mas papai já estava doente e aceitei o emprego no armarinho da sra. Pillard. Na época, sonhava em segredo com Solal, com o príncipe encantado, com Johnny Depp e o Kevin Costner da época em que ainda não fizera o implante, e me coube Jocelyn Guerbette, meu Venantino Venantini gorducho, simpaticamente grandalhão e cheio de lábia.

 O primeiro encontro se deu no armarinho, quando ele foi comprar trinta centímetros de renda *valenciennes* para sua mãe, uma renda de bilros com fio contínuo, bem fina, os motivos trabalhados em fosco; uma maravilha. É você que é uma maravilha, ele me disse. Ruborizei. Meu coração disparou. Ele sorriu. Os homens sabem os desastres que certas palavras deflagram no coração das garotas; e nós, excitadas porque finalmente um homem nos estendeu uma armadilha, caímos como patinhas e somos apanhadas.

 Ele me propôs tomar um café depois do expediente. Eu sonhara mil vezes com aquele momento, quando um homem me convidaria, me cortejaria, me desejaria. Sonhara ser sequestrada, carregada para longe no ronronar de um automóvel veloz, empurrada para bordo de um avião que voaria para as ilhas. Sonhara com drinques vermelhos, peixes brancos, páprica e jasmim, mas não com um café na Tabacaria des Arcades. Não com uma mão úmida sobre a minha. Não com aquelas palavras insossas, aquelas frases untuosas, aquelas mentiras precoces.

Aquela noite, portanto, depois que Jocelyn Guerbette me beijou, faminto e impaciente, depois que o repeli delicadamente e ele se foi, prometendo passar no dia seguinte para me ver, abri meu coração e deixei meus sonhos escaparem.

Sou feliz com Jo.
Ele não se esquece de nenhum de nossos aniversários. Nos fins de semana, passa o tempo na garagem, consertando coisas. Fabrica pequenos móveis, que vendemos nos bricabraques. Há três meses, instalou uma rede wi-fi, pois eu resolvera escrever um blog sobre meus tricôs. Às vezes, quando termina de comer, ele dá um beliscão na minha bochecha dizendo você é boazinha, Jo, você é uma boa menina. Eu sei. Pode parecer a vocês uma observação machista, mas vem do coração. Jo é desse jeito. O requinte, a leveza e a sutileza das palavras não são sua praia. Não leu muitos livros; prefere resumos a raciocínios; imagens a legendas. Gostava muito dos episódios de *Columbo*, porque o assassino ficava óbvio desde o início.
Pois eu gosto muito das palavras. Das frases longas, dos suspiros que se eternizam. Gosto muito quando as palavras às vezes escondem o que dizem; ou o dizem de uma maneira nova.

Quando eu era mais moça, fazia um diário. Parei no dia em que mamãe morreu. Ao cair, ela arrastou minha caneta, estilhaçando um monte de coisas.

Portanto, quando Jo e eu conversamos, sobretudo sou eu quem falo. Ele me escuta, bebendo sua cerveja falsa; às vezes chega a opinar com a cabeça, como se diz, para sinalizar que compreende, que se interessa por minhas histórias e, ainda que não seja verdade, é gentil de sua parte.

Nos meus quarenta anos, ele tirou uma semana de folga na fábrica, deixou as crianças na casa da mãe e me levou para Étretat. Nos hospedamos no hotel da Agulha Oca, em regime de meia-pensão. Passamos quatro dias maravilhosos, e, pela primeira vez na vida, achei que estar apaixonada era isso. Dávamos longos passeios de mãos dadas pelos penhascos; às vezes, quando não havia mais gente, ele me imprensava nas pedras, beijava minha boca e sua mão safada vinha se perder dentro de minha calcinha. Tinha palavras simples para descrever seu desejo. O básico do básico. *Que tesão. Você me deixa louco.* E uma noite, na hora violeta do penhasco de Aval, eu disse obrigada, disse me possua, e ele fez amor comigo ao ar livre, às pressas, brutalmente; e foi bom. Quando chegamos de volta ao hotel, estávamos com as faces vermelhas e a boca seca, feito adolescentes de pileque, essa é uma boa recordação.

Aos sábados, Jo gosta de vadiar com os colegas da fábrica. Jogam cartas no Café Georget, conversam assuntos de homens; falam das mulheres, trocam seus sonhos, às vezes assobiam para meninas da idade de suas filhas, mas são bons sujeitos; *ladram mas não mordem*, como se costuma dizer; são nossos homens.

No verão, as crianças ficam na casa de amigos e Jo e eu descemos para o Sul, para três semanas em Villeneuve-Loubet, no camping do Sorriso. Lá, nos reencontramos com J. J. e Marielle Roussel, que conhecemos no local, casualmente, já se vão cinco anos — eles são de Dainville, só quatro quilômetros de Arras! —, e Michèle Henrion, de Villeneuve-sur-Lot, capital da ameixa, uma mulher mais velha que a gente, solteirona convicta; é porque ela gosta da fruta, declara Jo; gosta de cair de boca. Uma bebidinha descontraída, grelhados, sardinhas; a praia em Cagnes, em frente ao hipódromo, quando faz muito calor, uma ou duas vezes o Aquário, os golfinhos, os leões-marinhos e em seguida os tobogãs de água, nossos incansáveis gritos de pavor, que terminam em risadas e alegrias de criança.

Sou feliz com Jo.

Não é a vida que sonhavam minhas palavras no diário da época em que minha mãe era viva. Minha vida não tem a graça perfeita que ela me desejava à noite, quando vinha se sentar ao meu lado na cama; quando acariciava delicadamente meus cabelos, murmurando: você tem talento, Jo, você é inteligente, terá uma vida feliz.

    Até as mães mentem. Porque também têm medo.

Só nos livros é que a gente pode mudar de vida. Apagar tudo com uma palavra. Fazer desaparecer o peso das coisas. Apagar as ruindades e, no fim de uma frase, descobrir-se subitamente no fim do mundo.

Danièle e Françoise jogam na loteria há dezoito anos. Apostando dez euros toda semana, constroem sonhos de vinte milhões. Uma mansão na Côte d'Azur. Uma volta ao mundo. Até mesmo uma simples viagem à Toscana. Uma ilha. Um lifting. Um diamante, um Santos Dumont Lady da Cartier. Cem pares de Louboutin e Jimmy Choo. Um tailleur Chanel cor-de-rosa. Pérolas, pérolas verdadeiras iguais às de Jackie Kennedy, como podia ser tão bonita! Nos fins de semana, como tantos outros, elas esperam o Messias. Todos os sábados seus corações disparam quando as bolinhas rodopiam. Prendem a respiração, ficam sem ar; achamos sempre que vamos morrer, dizem em coro.

Doze anos atrás, as duas ganharam o suficiente para abrir o Coiff'Esthétique. Me fizeram levar um buquê de flores todos os dias em que duraram as obras e, apesar de eu ter desenvolvido uma alergia crônica a flores, desde essa época somos amigas. Juntas, elas ocupam o último andar de uma casa que dá para o jardim du Gouverneur, na avenue des Fusillés. Françoise esteve diversas vezes para casar, mas à ideia de abandonar a irmã preferiu abandonar a ideia do amor; em compensação, em 2003, Danièle foi morar com um representante comercial de xampus especiais e tinturas profissionais L'Oréal, um sujeito alto e tenebroso com voz de barítono, cabelos cor de azeviche; um excêntrico. Ela sucumbira ao cheiro selvagem de sua pele opaca, derretera-se pelos fios negros das falanges de seus dedos compridos; Danièle sonhara amores animais, lutas, sexo na lama, carnes misturadas, mas se o grande símio tinha os colhões cheios, como era de se esperar, seu interior revelou-se vazio, imensamente, tragicamente desértico. Era uma transa ótima, ela me confidenciou um mês depois, ao voltar, mala debaixo do braço, uma transa antológica, mas, logo em seguida, fim da linha, o representante cai num soninho, ronca, de madrugada sai para fazer seu porta a porta capilar, nível cultural zero, e eu, podem falar o que quiser, preciso falar, conversar; afinal, não somos animais, isso não, precisamos de alma.

Na noite em que ela voltou, fomos as três jantar no La Coupole, camarões cor-de-rosa sobre leito de endívias para Françoise e para mim, linguiça de Arras gratinada com queijo *maroille* para Danièle, o que posso fazer, um rompimento me abre um buraco, um abismo, preciso tapá-lo e, uma garrafa de vinho depois, elas prometeram uma à outra, rindo às gargalhadas, nunca mais se separar ou, caso uma das duas encontrasse um homem, dividi-lo com a outra.

Depois quiseram ir dançar no Copacabana; talvez a gente tope com dois bonitões, disse uma; dois ricaços, rebateu a outra, rindo, e não as acompanhei.

Desde o 14 de julho dos meus treze anos, "L'Été indien" e meu peito incipiente, não danço mais.

As gêmeas desapareceram na noite, carregando com elas suas risadas e o tac-tac ligeiramente vulgar de seus saltos pelo calçamento, e voltei para casa. Atravessei o boulevard de Strasbourg, percorri a rue Gambetta até o Palácio de Justiça. Um táxi passou, minha mão tremeu; eu me vi fazendo sinal, embarcando. Ouvi-me dizer "longe, o mais longe possível". Vi o táxi arrancar comigo no banco de trás, eu, que não me volto, não me cumprimento, não me dirijo nenhum último gesto, não sinto nenhum arrependimento; eu, que parto e desapareço sem deixar vestígios.

Sete anos atrás.

Mas voltei.

Jo dormia de boca aberta em frente ao Radiola; um filete de saliva brilhava em seu queixo. Desliguei o televisor. Estendi um cobertor sobre seu corpo encolhido. Em seu quarto, Romain lutava no mundo virtual de *Freelancer*. No dela, Nadine lia as conversas entre Hitchcock e Truffaut; tinha treze anos.

Ela ergueu a cabeça quando empurrei a porta do quarto, sorriu para mim e me pareceu linda, muito linda. Eu gostava de seus grandes olhos azuis, chamava-os olhos de céu. Gostava de sua pele clara, que nenhum mal ainda arranhara. De seus cabelos pretos; uma moldura ao redor de sua palidez delicada. Gostava de seus silêncios e do cheiro de sua pele. Ela recuou para a parede, não disse nada quando fui deitar a seu lado. Depois acariciou lentamente meus cabelos como minha mãe fazia e retomou sua leitura, em voz baixa dessa vez, como faz um adulto para aplacar os temores de um fedelho.

Hoje de manhã uma jornalista do *L'Observateur de l'Arrageois* apareceu no armarinho. Queria me entrevistar a respeito do meu blog, *dedosdeouro*.

É um blog modesto.

Nele, escrevo todas as manhãs sobre a felicidade do tricô, do bordado e da costura. Nele, dou dicas de fazendas e lãs; fitas com lantejoulas, veludos, cetim e organdi; rendados de algodão e elásticos; cordões rabo de gato, cadarços encerados, fitilho trançado tipo *rayonne*, cordões de anoraque. Nele, às vezes falo do armarinho, de uma chegada de *scratch* para costura ou vieses com velcro. Nele, deixo igualmente se insinuarem algumas ondas na alma da bordadeira, da rendeira ou da tecelã; ondas na alma das mulheres que esperam. Somos todas Nathalie, a Isolda de *L'Éternel retour*.

— A senhora já tem mais de mil e duzentas visitas por dia — exclama a jornalista —, mil e duzentas só nos arredores.

Ela tem a idade dos filhos que nos dão orgulho. É bonita, sardenta, com gengivas róseas e dentes branquíssimos.

Seu blog é uma surpresa. Tenho mil perguntas a lhe fazer. Por que diariamente mil e duzentas mulheres vêm falar de pano. Por que esse entusiasmo súbito pelo tricô, o armarinho... o toque. Acha que sofremos com a falta de contato? Será que o virtual não matou o erotismo? Eu a interrompo. Não sei, digo, não sei. Antes a gente escrevia um diário íntimo, hoje é um blog. A senhora escrevia um diário?, ela aproveita. Sorrio. Não. Não, eu não escrevia diário e não tenho nenhuma resposta para as suas perguntas, sinto muito.

Então ela descansa bloquinho, lápis e bolsa.

Fixa os olhos nos meus. Esmaga minha mão na sua e diz: minha mãe vive sozinha há mais de dez anos. Acorda às seis. Prepara um café. Rega suas plantas. Escuta as notícias no rádio. Toma seu café. Faz uma pequena toalete. Uma hora mais tarde, às sete, seu dia terminou. Há dois meses, uma vizinha lhe falou de seu blog e ela me pediu para comprar uma geringonça — uma geringonça, na linguagem dela, é um computador. Desde então, graças às suas passamanarias, suas borlas e suas fivelas de cortina, ela recuperou a alegria de viver. Então não me venha dizer que não tem respostas.

A jornalista juntou suas coisas dizendo voltarei, e a senhora terá as respostas.

Eram onze e vinte da manhã quando ela foi embora. Minhas mãos tremiam, as palmas estavam úmidas.

Em seguida, fechei a loja e voltei para casa.

Sorri ao redescobrir minha letra de adolescente.

Os pingos nos *i* eram redondos, os *a*, em caracteres tipográficos, e, sobre os *i* de um tal Philippe de Gouverne, os pingos eram minúsculos corações. Philippe de Gouverne. Agora me lembro. Era o intelectual da turma: o mais engraçado também. A gente gozava da cara dele por causa da partícula *de* do seu nome. A gente o chamava de *Importante*. Eu estava caidinha. Achava-o terrivelmente sedutor com seu cachecol, que dava duas voltas no pescoço e descia até a cintura. Quando contava alguma coisa, falava de um jeito formal e a música de sua conjugação me enfeitiçava. Dizia querer ser escritor. Ou poeta. Que escreveria canções. Que, de um jeito ou de outro, enlouqueceria o coração das garotas. Todo mundo ria. Menos eu.

E nunca me atrevi a falar com ele.

Viro as páginas do meu diário. Ingressos de cinema grudados. Uma fotografia do meu batismo aéreo em Amiens-Glisy, com papai, em 1970, meu aniversário de sete anos. Hoje ele não se lembraria mais. Depois do acidente, ele vive no presente. Não tem mais passado nem futuro. Vive num presente que dura seis minutos e, a cada seis minutos, o contador de sua memória volta ao zero. A cada seis minutos, pergunta meu nome. A cada seis minutos, pergunta em que dia estamos. A cada seis minutos, pergunta se mamãe vai chegar.

E depois, no fim do diário, encontro esta frase, escrita na tinta violeta das garotas e antes que mamãe desabasse na calçada.

Eu gostaria de ter a sorte de decidir sobre minha vida, acho que é o maior presente que podemos receber.

Decidir sobre sua vida.

Fecho o diário. Sou adulta agora que não choro. Tenho quarenta e sete anos, um marido fiel, amável, sóbrio: dois filhos crescidos e uma pequena alma que às vezes me faz falta; sou dona de uma loja que, ano sim, ano não, consegue nos proporcionar, além do salário de Jo, uma vida confortável, férias agradáveis em Villeneuve-Loubet e, por que não, um dia, realizar seu sonho de um carro próprio (vi um usado que me pareceu bastante razoável por trinta e seis mil euros). Escrevo um blog diário que dá alegria à mãe de uma jornalista do *L'Observateur de l'Arrageois*, bem como a outras mil cento e noventa e nove mulheres. E recentemente, considerando os bons números, o servidor da internet me propôs vender espaço publicitário.

Jo me faz feliz e eu jamais quis outro homem a não ser ele, mas dizer que decidi sobre minha vida, isso não.

No caminho de volta para o armarinho, atravesso a praça dos Heróis quando subitamente ouço gritarem meu nome. São as gêmeas. Tomam um café enquanto apostam na loteria. Jogue, uma vez na vida, me suplica Françoise. Você não vai ser dona de armarinho a vida inteira. Gosto muito do meu armarinho, respondo. Não tem vontade de outra coisa?, insiste Danièle. Vamos, por favor. Então me dirijo ao guichê e peço um bilhete. Qual? Qual o quê? A Loto ou a Euro Millions? Não faço a mínima ideia. A Euro Millions então, vão sortear uma bolada na sexta-feira. Entrego os dois euros que ele pede. A máquina escolhe algarismos e estrelas para mim e me estende um bilhete. As gêmeas aplaudem.

— Finalmente! Finalmente, nossa pequena Jo vai ter belos sonhos à noite.

Dormi pessimamente.
    Jo passou mal a noite inteira. Diarreia. Vômito. Ele, que nunca se queixa, vem reclamando de cãibras há vários dias. Tem incessantes calafrios — e não é por causa de minhas carícias frias sobre sua testa ardente nem de minhas massagens em seu peito para aplacar a tosse, tampouco porque canto cantigas da minha mãe para acalmá-lo.
    O médico veio.
    É provavelmente a gripe A/H1N1, essa desgraceira assassina. Contudo, na fábrica, eles aplicam todas as normas de segurança. Uso da máscara FFP2, álcool gel, arejamento periódico das oficinas, proibição de apertar a mão, beijar, dar a bunda, acrescentava Jo, rindo, há dois dias, antes que a coisa caísse em cima dele. O doutor Caron receitou Oseltamivir (o famoso Tamiflu) e muito repouso. São vinte e oito euros, sra. Guerbette. Jo dormiu pela manhã. E, apesar de sua falta de apetite, fui comprar dois croissants amanteigados no

François Thierry, seus preferidos, e preparei uma garrafa térmica de café que deixei na mesinha de cabeceira, por via das dúvidas. Observei seu sono por um instante. Respirava ruidosamente. Pérolas de suor brotavam em suas têmporas, corriam sobre suas faces e vinham silenciosamente explodir e morrer em seu peito. Vi suas novas rugas na testa, minúsculas rugas ao redor de sua boca, como minúsculos cactos, sua pele começando a esgarçar no pescoço, ali onde ele gostava que eu o beijasse, no começo. Vi esses anos em seu rosto, vi o tempo nos afastando de nossos sonhos e nos aproximando do silêncio. Então achei bonito meu Jo em seu sono de criança doente e gostei da minha mentira. Pensei que, se o homem mais bonito do mundo, mais adorável, mais *tudo*, aparecesse aqui e agora, eu não me levantaria, não o seguiria, nem sequer lhe sorriria.

Ficaria porque Jo precisa de mim e uma mulher precisa que precisem dela.

O mais bonito do mundo não precisa de nada, uma vez que tem o mundo inteiro. Tem sua beleza; e a irreprimível sofreguidão de todas as que desejam saciar-se com ele e terminarão por devorá-lo e largá-lo morto, os ossos bem chupados, brilhantes e brancos, no fosso de suas vaidades.

Mais tarde, telefonei para Françoise. Ela vai prender com fita durex um pequeno aviso na vitrine do armarinho. *Fechado dois dias por motivos de gripe.* Em seguida postei a informação no meu blog.

Recebi cem e-mails num piscar de olhos.

As pessoas se ofereciam para ficar no armarinho enquanto meu marido se restabelecesse. Perguntavam o tamanho de Jo para tricotar-lhe suéteres, luvas e gorros. Perguntavam se eu precisava de ajuda, de cobertores; necessidade de companhia, alguém para a cozinha, a faxina, uma amiga para conversar, atravessar aquele momento difícil. Era inacreditável. *Dedosdeouro* abrira comportas de gentileza soterrada, escondida. Minhas histórias de sianinhas, pregueados e vieses parecem ter criado um vínculo muito forte; uma comunidade invisível de mulheres que, redescobrindo o prazer da costura, haviam substituído a solidão de seus dias pela alegria inesperada de formar uma família.

Tocaram à porta.

Era uma mulher do bairro, um adorável galhinho seco, como era a atriz Madeleine Renaud. Trazia um tagliatelle. Engasguei. Tanta solicitude inesperada me sufocava. Eu não estava acostumada a que me dessem alguma coisa sem que a houvesse pedido. Faltaram-me palavras. Ela sorriu, tão meiga. Veio com molho de espinafre e queijo fresco. Fécula e ferro. Você precisa de energia, Jo. Balbuciei um agradecimento e minhas lágrimas brotaram. Inextinguíveis.

Passei para ver meu pai.

Depois de perguntar quem eu era, ele pediu notícias da mamãe. Falei que ela estava fazendo compras, que passaria um pouco mais tarde. Espero que traga meu jornal, ele disse, e creme de barbear, acabou o que eu tinha.

Falei do armarinho. E pela centésima vez ele perguntou se eu era a dona. Não acreditava. Estava orgulhoso. Armarinho Jo, ex-Casa Pillard, Armarinho Jo, seu nome numa placa, Jo, você se dá conta! Fico feliz por você. Depois ergueu a cabeça, fitou-me. Quem é a senhora?

Quem é a senhora. Seis minutos acabavam de passar.

Jo estava melhor. O Oseltamivir, o repouso, o tagliatelle de espinafre e queijo fresco e minhas doces cantigas derrotaram a gripe assassina. Ele ficou alguns dias em casa, entreteve-se um pouco na garagem e, quando uma noite abriu uma Tourtel e ligou a tevê, eu soube que estava completamente restabelecido. A vida retomou seu curso, calma, dócil.

Nos dias seguintes, o armarinho não esvaziou e *dedosdeouro* contabilizou mais de cinco mil visitas diárias. Pela primeira vez em vinte anos, esgotei meu estoque de botões em caseína, jarina e galalite, de babados, guipires, gizes e gabaritos, bem como de pompons. O que era o pompom, uma vez que fazia um ano que não saía nenhum. Tive a impressão de estar no meio de um filme piegas de Frank Capra e posso dizer que às vezes a pieguice é uma delícia.

Quando a emoção refluiu, embrulhamos, Danièle, Françoise e eu, os cobertores, suéteres e fronhas bordadas que Jo havia recebido, e Danièle encarregou-se de doá-los a uma obra de caridade da diocese de Arras.

Mas o acontecimento mais importante desse período de nossas vidas, o que vinha deixando as gêmeas histéricas de dois dias para cá, é que o bilhete vencedor da Euro Millions tinha saído para Arras. Arras, merda, nosso cu do mundo, poderia ter sido a gente!, gritaram elas, dezoito milhões de euros, tudo bem, é um prêmio irrisório comparado aos setenta e cinco milhões de Franconville, mas, peralá, dezoito milhões! Ah, a vontade que dá é de dar um tiro na cabeça!

O que as deixava ainda mais indóceis, praticamente à beira da apoplexia, era o fato de o ganhador continuar sem se manifestar.

E de faltarem apenas quatro dias para a soma se perder e voltar ao jogo.

Não sei como, mas soube.
Soube, antes de ver os algarismos, que era eu.
Uma chance em setenta e seis milhões, e era eu a premiada. Li o anúncio no *Voix du Nord*. Estava tudo ali.
O 6, o 7, o 24, o 30 e o 32. As estrelas números 4 e 5.
Um bilhete jogado em Arras, na praça dos Heróis. Uma aposta de dois euros. Um sistema aleatório.
18.547.301 euros e 28 centavos.
Então eu tive um troço.

Jo me encontrou no chão, na cozinha — como eu encontrara mamãe na calçada, trinta anos atrás.

Íamos sair para fazer compras juntas quando notei que havia esquecido a lista na mesa da cozinha. Subi de novo; mamãe me esperou na calçada.

Quando voltei a descer, no exato momento em que saí na rua, eu a vi olhar em minha direção e escancarar a boca, mas não saiu nenhum som; seu rosto se contorceu, fez o mesmo esgar do horrível personagem do quadro de Munch, *O grito*, e murchou igual a um acordeão. Bastaram quatro segundos para eu me tornar órfã. Corri, tarde demais.

Corremos sempre tarde demais quando alguém morre. Como se por acaso.

Houve gritos, uma freada. As palavras pareciam escorrer da minha boca, como lágrimas, me sufocando.

Apareceu então a mancha em seu vestido, entre suas pernas. A mancha aumentou a olhos vistos, como um tumor vergonhoso. Senti na garganta o frio de um bater de asas, a ardência de um arranhão; em seguida, após a boca do personagem no quadro e a da minha mãe, foi a vez de a minha se abrir e um pássaro voar por entre meus lábios grotescos. Vendo-se ao ar livre, emitiu um pio aterrador; seu grito congelante.

Um grito fúnebre.

Jo entrou em pânico. Julgou ser a gripe criminosa. Quis ligar para o doutor Caron, mas recobrei a consciência e o tranquilizei. Não é nada, não tive tempo de comer, me ajude a levantar, vou me sentar cinco minutos e vai melhorar, vai melhorar. Você está toda quente, ele disse, com a mão na minha testa. Vai melhorar, estou dizendo, além de tudo, estou menstruada, é por isso que estou quente.

Menstruada. A palavra mágica. Que afasta a maioria dos homens.

Vou esquentar alguma coisa pra você, ele disse, abrindo a geladeira, a não ser que prefira pedir uma pizza. Sorri. Meu Jo. Meu anjo. Talvez a gente pudesse comer fora, uma vez na vida, murmurei. Ele sorriu, pegou uma Tourtel. Vou enfiar um casaco, minha gata, e sou todo seu.

Jantamos no vietnamita a duas ruas de casa. Não havia quase ninguém e me perguntei como faziam para se manter. Pedi uma sopa leve com macarrão de arroz (*bun than*), Jo, peixe frito (*cha ca*), e peguei sua mão na minha, como na época do nosso noivado, vinte anos atrás. Você está com os olhos brilhando, ele sussurrou, num sorriso nostálgico.

E se você pudesse ouvir meu coração batendo, pensei, temeria que ele explodisse.

Os pratos não demoraram a chegar; mal toquei na minha sopa. Jo fez beicinho. Não está boa? Abaixei lentamente os olhos.

Tenho de lhe contar uma coisa, Jo.

Ele deve ter sentido a importância de minha confissão. Largou os pauzinhos. Limpou delicadamente os lábios com o guardanapo de algodão — sempre procurava se esforçar nos restaurantes —, pegou minha mão. Seus lábios secos estremeceram. Não é nada grave? Posso ficar sossegado? Não está doente, Jo? Porque... porque se acontecesse alguma coisa com você, seria o fim do mundo, eu... Lágrimas marejaram os meus olhos e ao mesmo tempo comecei a rir, uma risada próxima da felicidade. Eu morreria sem você, Jo. Não, Jo, não é nada grave, não se preocupe, sussurrei.

Eu queria dizer que te amo.

E jurei intimamente que, jamais, nenhuma soma de dinheiro compensaria perder tudo isso.

À noite, fizemos amor com delicadeza.

Seria devido à minha palidez, minha nova fragilidade? Ou ao medo irracional que ele tivera de me perder, algumas horas antes, no restaurante? Seria porque não fazíamos amor havia séculos e ele precisou de um tempo para reaprender a geografia do desejo e voltar a domar suas brutalidades de homem? Ou porque me amava a ponto de colocar meu prazer acima do seu?

Naquela noite, eu não sabia. Hoje, sei. Mas, ó Deus, que bela noite.

Lembrou-me as noites das primícias amorosas, aquelas em que aceitamos morrer de madrugada; noites que não se preocupam com nada a não ser consigo próprias, longe do mundo, do barulho, da maldade. Mais tarde, com o passar do tempo, o barulho e a maldade as invadem e o despertar é penoso, as desilusões, cruéis. Depois do desejo, vem sempre o tédio. E só o amor para vencer o tédio. Amor com A maiúsculo; o sonho de nós todas.

Lembro-me de haver chorado ao fim da leitura de *Bela do Senhor*. Cheguei a sentir raiva quando os amantes se jogaram da janela do Ritz em Genebra. Eu mesma joguei o livro na lata de lixo e, em sua breve queda, ele carregou o A maiúsculo.

Mas naquela noite ele pareceu ter voltado.

Jo saiu de madrugada. Há um mês, ele vem fazendo um estágio das sete e meia às nove, todas as manhãs, para ser promovido a gerente e se aproximar de seus sonhos.

Mas os seus sonhos, meu amor, posso oferecer-lhe agora; seus sonhos não custam muito caro. Um televisor tela plana Sony 52': 1.400 euros. Um relógio-cronômetro Seiko: 400 euros. Uma lareira na sala: 500 euros, mais 1.500 de mão de obra. Um Porsche Cayenne: 89 mil euros. E o James Bond completo, 22 filmes: 170 euros.

É horrível. É exatamente o que penso.

O que está acontecendo comigo é aterrador.

Tenho um compromisso na sede da Central Lotérica, em Boulogne-Billancourt, periferia de Paris.

Peguei o trem hoje cedo. Disse a Jo que precisava visitar uns fornecedores; Synextile, Eurotessile e Filagil Sabarent. Chegarei tarde, não me espere. Tem peito de frango na geladeira e *ratatouille* para requentar.

Ele me acompanhou até a estação, depois correu para a fábrica a fim de não perder a hora do estágio.

No trem, penso nos sonhos das gêmeas, em suas desilusões todas as noites de sexta-feira quando as bolinhas caem e mostram outros números que não seus números matutados, seus números pensados, pesados, sopesados.

Penso em minha comunidade do *dedosdeouro*, nas cinco mil Princesas Aurora que sonham espetar o dedo no fuso de suas rocas e ser acordadas com um beijo.

Penso nos ciclos de seis minutos de papai. Na banalidade das coisas. No que o dinheiro jamais conserta.

Penso em tudo o que mamãe não teve, em tudo com que sonhava e eu poderia lhe oferecer agora; uma viagem pelo Nilo, um casaco Saint Laurent, uma bolsa Kelly, uma faxineira, uma coroa de cerâmica em vez dessa horrível coroa de ouro que entristece seu maravilhoso sorriso, um apartamento na rue des Teinturiers, uma noite em Paris, Moulin Rouge e Mollard, o rei das ostras, e netos. Ela dizia: "As avós são as melhores mães, uma mãe precisa fazer muita coisa para se tornar uma mulher." Sinto tanta falta de minha mãe quanto no dia de seu tombo. Sempre sinto frio ao seu redor. Sempre choro. A quem devo dar dezoito milhões, quinhentos e quarenta e sete mil, trezentos e um euros e vinte e oito centavos para que ela volte?

Penso em mim, em tudo o que poderia fazer agora e não tenho vontade de nada. Nada que todo o ouro do universo possa oferecer. Mas será este o caso de todo mundo?

A recepcionista é encantadora.

Ah! é da senhora o bilhete de Arras. Ela me faz esperar numa saleta, me oferece algo para ler, sugere chá ou café; obrigada, já bebi três hoje de manhã, e me sinto imediatamente estúpida e profundamente caipira. Pouco depois, ela volta para me buscar e me acompanha até o gabinete de um certo Hervé Meunier, que me recebe de braços abertos, ah, a senhora nos deu calafrios, disse rindo, mas enfim, está aqui e é o que importa. Sente-se, por favor. Sinta-se à vontade. A senhora está em sua casa. Minha casa é um amplo gabinete; o carpete é grosso, deslizo discretamente um pé para fora dos meus sapatos de salto baixo para acariciá-lo, afundar-me um pouco nele; uma climatização suave espalha um ar agradável e, do outro lado dos vidros, há outros prédios de escritórios. Diríamos imensos quadros, Hopper em preto e branco.

É aqui o ponto de partida das vidas novas. É aqui, diante de Hervé Meunier, que descobrimos a poção mágica. É aqui que recebemos o talismã que transforma a vida.

O Graal.

O cheque.

O cheque nominal. Para Jocelyne Guerbette. Um cheque no valor de 18.547.301 euros e 28 centavos.

Ele me pede o bilhete, bem como a carteira de identidade. Verifica. Dá um breve telefonema. O cheque estará pronto dentro de dois minutos, deseja um café? Temos toda a gama Nespresso. Dessa vez, não respondo. Como preferir. Pois sou viciado no Livanto, ele tem uma característica untuosa, hum, suave, aveludada, bom, ehh, enquanto isso, recompõe-se, gostaria de lhe apresentar um colega. Na realidade, a senhora *precisa* conhecê-lo.

É um psicólogo. Eu não sabia que possuir dezoito milhões era uma doença. Mas me abstive de qualquer comentário.

O psicólogo é uma psicóloga. Lembra Emmanuelle Béart; como ela, tem lábios de Pata Margarida, lábios tão inchados, diz o meu Jo, que explodiriam se mordêssemos. Usa um tailleur preto que valoriza sua plástica (como em *cirurgia*); estende-me uma mão ossuda e diz que não vai demorar. Precisa de quarenta minutos para me explicar que o que está acontecendo representa uma bênção e um infortúnio. Sou rica. Poderei comprar o que quiser. Poderei dar presentes. Mas atenção. Devo desconfiar. Porque, quando temos dinheiro, passamos a ser amadas de uma hora para outra. Desconhecidos apaixonam-se subitamente. Vão pedi-la em casamento. Enviar-lhe poemas. Cartas de amor. Cartas de ódio. Vão pedir dinheiro para pagar o tratamento da leucemia de uma garotinha chamada Jocelyne, sua xará. Vão enviar fotografias de um cão martirizado e pedir para ser sua madrinha, sua salvadora; vão prometer-lhe um canil com seu nome, bombons, patê, um concurso canino. A mãe de um miopata lhe mandará um vídeo perturbador, no qual a senhora verá seu filhinho cair em uma escada e bater a cabeça na parede e ela pedirá dinheiro para instalar um elevador na casa. Outro lhe enviará fotografias da própria mãe babando e fazendo cocô na roupa e lhe pedirá, os olhos cheios de lágrimas e dor, que ajude a pagar uma enfermeira em domicílio, chegará a lhe enviar o formulário para que possa deduzir essa despesa dos impostos. Uma Guerbette de Pointe-à-Pitre descobrirá que é sua prima e lhe pedirá o dinheiro da passagem para ir visitá-la, depois dinheiro para um conjugado, depois dinheiro para lhe apresentar seu amigo curandeiro que a fará perder aqueles quilinhos a mais. Não falo dos banqueiros. Todos eles um doce, um mel instantâneo. Madame Guerbette pra cá, salamaleques pra lá. Tenho investimentos sem encargos. Invista nos Dom. A lei Malraux. A Scellier. O ouro, a prata e as pedras preciosas. Eles não lhe falarão de impostos. Da taxa sobre a riqueza. Dos controles fiscais. Nem de despesas.

Sei de que doença fala a psicóloga. É a doença dos que não ganharam, são seus próprios medos que tentam me inocular, como uma vacina do mal. Protesto. Em contrapartida, há pessoas que sobreviveram. Ganhei apenas dezoito milhões. E os que ganharam cem, cinquenta, ou mesmo trinta? Justamente, me responde a psicóloga com um ar misterioso, justamente. Então, somente agora, aceito um café. Um Livato, acho, ou Livantino talvez, untuoso em todo caso. Uma pedrinha de açúcar, obrigado. Houve muitos suicídios, ela me informa. Inúmeras depressões, divórcios, ódios, dramas. Até facadas. Ferimentos provocados por agressões. Queimaduras com gás. Famílias dilaceradas, destruídas. Noras enganadas, genros alcoólatras. Crimes encomendados; exatamente como nos filmes de segunda. Tive um sogro que prometeu mil e quinhentos euros a quem eliminasse sua mulher. Ela ganhara um pouco menos de setenta mil euros. Um genro que cortou duas falanges para conseguir um cartão de crédito ilimitado. Assinaturas falsas, escrituras falsas. O dinheiro enlouquece, sra. Guerbette, é a causa de quatro em cada cinco crimes. De uma depressão em cada duas. Não tenho conselhos a lhe dar, concluiu, apenas esta informação. Dispomos de uma célula de apoio psicológico, se precisar. Ela pousa a xícara de café na qual não molhou seu beiço de pata. Avisou aos parentes? Não, respondo. Ótimo, diz ela; podemos ajudá-la nisso, a encontrar palavras que minimizem o choque, porque será um choque, você vai ver. Tem filhos? Aquiesço. Pois bem, eles não a verão mais simplesmente como mãe, mas como uma mãe rica, e irão querer sua parte. E seu marido; talvez ele tenha um emprego modesto, pois bem, vai querer parar de trabalhar, cuidar da fortuna *de vocês*, digo fortuna de vocês porque ela pertencerá tanto a ele quanto à senhora, uma vez que ele a ama, ah, sim, ele lhe dirá que a ama, mandará flores nos próximos dias e meses, sou alérgica, interrompo-a, ... chocolates, o diabo a quatro, em todo caso vai adulá-la, hipnotizá-la, envenená-la. É um roteiro escrito antecipadamente, sra. Guerbette, escrito há muito, muito tempo, a cobiça queima tudo à sua passagem; lembre-se dos Bórgia, dos Agnelli e, mais recentemente, dos Bettencourt.

Ela me obriga então a jurar que compreendi perfeitamente tudo o que falou. Estende-me um papel de grife com quatro números de emergência; não hesite em nos ligar, sra. Guerbette, e não se esqueça, de agora em diante será amada pelo que não é. Em seguida, me conduz novamente até o sr. Hervé Meunier.

Que sorri com todos os seus dentes.

Seus dentes lembram os do vendedor do nosso primeiro carro usado, meu e do Jo, um Ford Escort azul 1983, um domingo de março no estacionamento do Leclerc. Chovia.

Seu cheque, ele diz. Aqui está. Dezoito milhões, quinhentos e quarenta e sete mil, trezentos e um euros e vinte e oito centavos, articulou lentamente, como se fosse uma condenação. Tem certeza de que não prefere uma transferência bancária?

Tenho certeza.

Na verdade, não tenho certeza de mais nada.

Meu trem para Arras sai daqui a sete horas.

Eu poderia pedir a Hervé Meunier, já que ele me oferece, para trocar minha passagem e reservar um trem mais cedo, mas o dia está bonito. Quero caminhar um pouco. Preciso de ar. Beiço de Pata me levou a nocaute. Não posso acreditar que um assassino, nem sequer um mentiroso, menos ainda um ladrão, se enclausure no meu Jo. Não posso acreditar que meus filhos olharão para mim com os olhos do Picapau, aqueles grandes olhos ávidos de onde saía o $ do dólar quando, nos gibis de minha infância, ele via alguma coisa a que cobiçava.

A cobiça queima tudo à sua passagem, foram suas palavras.

Hervé Meunier me acompanha até a calçada. Me deseja boa sorte. A senhora parece uma pessoa de bem, sra. Guerbette. Uma pessoa de bem, dobre a língua. Uma pessoa com dezoito milhões, isso sim. Engraçado, não raro os lacaios passam a impressão de possuir a riqueza dos amos. Às vezes com um talento tão grande que tendemos a agir como seu lacaio. O lacaio do lacaio. Não se preocupe, sr. Meunier, eu digo, retirando minha mão, que ele mantém com uma insistência úmida na sua. Ele abaixa os olhos e retorna ao prédio, passa a credencial na catraca. Vai reencontrar o cenário de seu escritório, onde não possui nada, nem sequer o carpete grosso ou o quadro dos prédios preso na parede. É da família desses caixas de banco, que contam milhares de cédulas, as quais só fazem lhes queimar os dedos.

Até o dia em que...

Caminho pela rue Jean-Jaurès até o metrô Boulogne-Jean Jaurès, linha 10, direção Gare d'Austerlitz, baldeação em La Motte-Piquet. Consulto meu papelzinho. Tomar o 8, direção Créteil-Préfecture, e sair na Madeleine; atravessar o boulevard de la Madeleine, descer a rue Duphot e seguir a rue Cambon pelo lado esquerdo até o 31.

Mal tenho tempo de estender a mão, a porta abre sozinha graças a um porteiro. Dois passos e penetro em outro mundo. Faz frio. A luz é suave. As vendedoras são bonitas, discretas; uma delas se aproxima, sussurra, posso ajudá-la, senhora? Olho, olho, murmuro, impressionada, mas é ela quem está me observando.

Meu velho casaco cinza, mas tão confortável, você não faz ideia, meus sapatos de salto baixo — eu mesma escolhi hoje de manhã, meus pés incham no trem —, minha bolsa disforme, puída; ela sorri para mim, não hesite em pedir tudo o que quiser. Afasta-se, discreta, distinta.

Me aproximo de um vistoso casaco bicolor em tweed de linho e algodão, 2.490 euros. As gêmeas adorariam. Eu poderia comprar dois, 4.980 euros. Um belo par de tamancos em PVC, saltos 90 mm, 1.950 euros. Luvas, formato especial em cordeiro, 650 euros. Um relógio bem simples, em cerâmica branca, 3.100 euros. Uma deslumbrante bolsa de crocodilo, mamãe teria amado mas nunca ousado; preço sob consulta.

Começa em quanto um preço sob consulta?

Subitamente, uma atriz cujo nome nunca lembro sai da loja. Leva uma sacola enorme em cada uma das mãos. Passa tão rente a mim que sinto o eflúvio de seu perfume, uma coisa pesada, meio enjoativa; vagamente sexual. O porteiro faz uma mesura que ela nem sequer nota. Do lado de fora, seu motorista acorre, apodera-se das duas sacolas. Ela se enfia num carrão preto, depois desaparece por trás dos vidros escuros, engolida.

Que teatro!

Eu também, Jocelyne Guerbette, dona de armarinho em Arras, poderia limpar a butique Chanel, alugar os serviços de um chofer e andar de limusine; mas para quê? O que vi de solidão no rosto da atriz me assustou. Dirijo-me então discretamente para a saída da loja de sonho, a vendedora me concede um sorriso educadamente piedoso, o porteiro abre a porta para mim, mas não tenho direito à mesura, ou nem sequer a noto.

Do lado de fora, o frio é intenso. O alarido das buzinas dos carros, a ameaça das impaciências, a vontade de matar dos motoristas, os mensageiros camicases na rue de Rivoli a algumas dezenas de metros, tudo isso me acalma subitamente. Chega de carpete grosso, de reverências untuosas. Violência comum, enfim. Dor mesquinha. Tristeza que não sai. Cheiros brutais, vagamente animais, químicos, como em Arras, atrás da estação. Minha vida de verdade.

Dirijo-me então ao Jardim das Tulherias; aperto na barriga minha bolsa feia, meu *cofre-forte*; Jo me recomendou cuidado com os malandros de Paris. Bandos de crianças roubam você e você nem se dá conta. Mendigas com recém-nascidos que nunca choram, mal se mexem, dopados com Denoral ou Hexapneumina. Penso no *Prestidigitador*, de Hyeronimus Bosch, mamãe adorava esse quadro; gostava dos menores detalhes, como a noz-moscada na mesa da trapaça.

Percorro a aleia de Diana até o átrio norte, onde me instalo num banquinho de pedra. Há uma poça de sol aos meus pés. Uma vontade súbita de ser Thumbelina. Mergulhar na poça de ouro. Aquecer-me dentro dela. Incendiar-me.

Curiosamente, mesmo aprisionadas por automóveis e horríveis scooters, espremidas entre a rue de Rivoli e o quai Voltaire, as partículas do ar me parecem mais claras, mais límpidas. Sei perfeitamente que isso não é possível. Que é fruto da minha imaginação, do meu medo. Pego o sanduíche na bolsa; foi Jo quem fez para mim hoje de manhã, quando ainda era noite do lado de fora. Duas fatias de pão de forma, atum e um ovo cozido. Eu disse não precisa, compro alguma coisa na estação, mas ele insistiu, são uns ladrões, principalmente nas estações, eles te vendem um sanduíche por oito euros que é muito menos gostoso que o meu e nem certeza temos de que seja fresco.

Meu Jo. Meu pajem. O sanduíche está uma delícia.

A poucos metros, uma estátua de Apolo perseguindo Dafne e a de Dafne perseguida pelo mesmo Apolo. Mais à frente, uma Vênus calipígia; calipígio, adjetivo que nunca esqueci depois de aprender sua definição na aula de desenho: que tem belas nádegas. Ou seja: grande, gorda. Como eu. E eis-me aqui, eu, alguém de Arras, sentada diante de suas belas nádegas em vias de comer um sanduíche no Jardim das Tulherias, em Paris, como uma estudante, quando carrego uma fortuna na bolsa. Uma fortuna aterradora, porque bruscamente me dou conta de que Jo tem razão.

Nenhum sanduíche, por oito, doze ou quinze euros, seria tão delicioso como o seu.

Mais tarde, ainda disponho de tempo antes da partida do trem, vou garimpar no mercado

Saint-Pierre, na rue Charles Nodier. É minha caverna de Ali-Babá.

Minhas mãos mergulham nos tecidos, meus dedos estremecem ao contato de organdis, flanelas finas, fustões, patchworks. Sinto então a embriaguez que deve sentir aquela mulher do anúncio, trancada uma noite inteira numa loja de perfumes. Nem todo o ouro do mundo compraria essa vertigem. Aqui, todas as mulheres são bonitas. Seus olhos irradiam luz. Com um pedaço de pano, já imaginam um vestido, uma almofada, uma boneca. Fabricam sonhos; carregam a beleza do mundo na ponta dos dedos. Antes de partir, compro poliéster, alguns retalhos de polipropileno, serpentinas rendadas de algodão e pompons pérola.

A felicidade custa menos de quarenta euros.

Durante os cinquenta minutos do trajeto, cochilo no ar aveludado do TGV. Eu me pergunto se Romain e Nadine não precisam de nada, agora que posso lhes dar tudo. Romain poderia abrir sua própria creperia. Nadine, realizar todos os filmes que deseja e não depender do sucesso para levar uma vida decente. Mas isso basta para recuperar o tempo que não passamos juntos? As férias longe uns dos outros, as saudades, as horas de solidão e frio? Os medos?

O dinheiro encurta distâncias, aproxima as pessoas?

E você, meu Jo, se soubesse de tudo isso, faria o quê? Responda, faria o quê?

Jo me esperava na estação.

    Assim que me viu, seu passo se acelerou, sem que, todavia, chegasse a correr. Na plataforma, ele me envolve em seus braços. Essa efusão inesperada me surpreende; rio, quase incomodada. Jo, Jo, o que está havendo? Jo, ele murmura ao meu ouvido, que bom que está de volta.

    Assim.

    Quanto maiores as mentiras, menos as enxergamos.

    Ele afrouxou o abraço, sua mão correu até a minha e fomos a pé para casa. Contei-lhe meu dia. Inventei sumariamente uma reunião com Filagil Sabarent, atacadista no 3º *arrondissement*. Mostrei-lhe as maravilhas compradas no mercado Saint-Pierre. E meu sanduíche, não estava gostoso o meu sanduíche?, ele perguntou. Eu me ergui então na ponta dos pés e beijei seu pescoço. O melhor do mundo. Igual a você.

Françoise irrompeu no armarinho.
Até que enfim!, gritou, ela foi pegar o cheque! É uma mulher. Está noticiado aqui, no *La Voix du Nord*, alguém de Arras, que faz questão de manter o anonimato! Aqui, olhe! Você se dá conta, ela esperou o último minuto! Pois eu teria falado imediatamente, morreria de medo de que não me pagassem, dezoito milhões, você se dá conta, Jo, tudo bem, não são os cem milhões de Venelles, mas eles eram quinze apostadores, o que deu seis milhões pra cada, enquanto nesse caso são dezoito milhões pra ela sozinha, dezoito milhões, mais de mil anos de salário mínimo, Jo, mil anos, droga! Danièle adentrou por sua vez. Estava toda vermelha. Trazia três cafés. U-la-lá, ofegou, que história. Estou atônita, ninguém sabe quem é, nem mesmo a bicha do xampuzeiro do Chez Jean-Jac. Françoise a interrompeu. Logo veremos um Maserati ou um Cayenne, então vamos saber quem é. Isso não é carro de mulher,

deve ser um Mini ou um Fiat 500. Eu interfiro, desmancha-prazeres.

Pode ser que ela não compre carro, pode ser que não mude nada em sua vida.

As gêmeas caem na risada. Porque você não mudaria nada, né? Mofaria no seu pequeno armarinho, vendendo retalhos para ocupar honestas senhoras que se entediam, que nem sequer têm coragem de ter amantes! Oh, não! Faria como nós, mudaria de vida, compraria uma bela casa à beira-mar, na Grécia talvez, faria uma bela viagem, teria um belo carro, mimaria os filhos, e as amigas, acrescentou Françoise; renovaria o guarda-roupa, iria a Paris rodar as butiques, não olharia mais o preço das coisas, puxa, e, como sentiria culpa, faria inclusive uma doação aos portadores de câncer. Ou aos que sofrem de miopatia. Dei de ombros. Posso fazer tudo isso sem ter ganhado, replico. Sim, mas não é a mesma coisa, elas responderam, nada a ver. Você não pode...

Uma freguesa entrou, fazendo com que a gente se calasse; engolisse nossa histeria.

Olhou com desenvoltura as alças de bolsa, sopesou uma, em cânhamo rígido, depois, voltando-se, pediu notícias de Jo. Tranquilizei-a, agradeci.

Espero que ele tenha gostado do colete, ela disse, um colete verde com botões de madeira, em seguida, soluçando, me contou que a filha mais velha estava no hospital, morrendo dessa gripe maluca. Você tem palavras tão bonitas no seu blog, Jo, o que posso dizer a ela para me despedir? Será que pode me sugerir umas palavras? Por favor.

Danièle e Françoise saíram de fininho. Ainda que possuíssem dezoito milhões, ainda que cada uma de nós possuísse dezoito milhões, nos víamos subitamente impotentes diante daquela mãe.

Quando chegamos ao hospital, sua filha havia sido transferida para a unidade intensiva.

Eu havia escondido o cheque debaixo da palmilha de um sapato velho.

Às vezes, à noite, esperava Jo começar a roncar, saía da cama e andava sem fazer barulho até o armário para mergulhar a mão no sapato e puxar o tesouro de papel. Então me trancava no banheiro e, ali, sentada na tábua do vaso, desdobrava o papel e o contemplava.

Os algarismos me davam tontura.

No meu aniversário de dezoito anos, papai me presenteara com o equivalente a dois mil e quinhentos euros. É muito dinheiro, ele falou. Com isso, pode pagar a cautela do apartamento, fazer uma bela viagem, comprar todos os livros de moda que quiser, um carrinho usado se preferir; e ele então me parecera riquíssimo. Hoje compreendo que fui rica de sua confiança; o que é a maior riqueza do mundo.

Clichê, eu sei. Mas verdadeiro.

Antes de sofrer o AVC que desde então o prende a um ciclo de seis minutos de presente, ele trabalhou mais de vinte anos na ADMC, a indústria química de Tilloy-les-Mofflaines, a quatro quilômetros de Arras. Supervisionava a fabricação do cloreto de didecil amônio e do glutaraldeído. Mamãe exigia que ele passasse sistematicamente pelo chuveiro tão logo botava os pés em casa. Papai sorria, prestando-se de boa vontade àquela exigência. Se o glutaraldeído era efetivamente solúvel na água, este não era o caso do cloreto de didecil. Mas lá em casa os tomates nunca ficaram azuis, os ovos não começaram a explodir e tentáculos não nos empurraram pelas costas. Milagres a serem creditados à milagrosa ação do sabonete de Marselha.

Mamãe ensinava desenho às classes primárias e às quartas-feiras à noite dirigia a oficina de modelo vivo no museu de Belas-Artes. Tinha um maravilhoso traço a lápis. O álbum de fotografias de nossa família era um caderno de desenhos. Minha infância se assemelha a uma obra de arte. Mamãe era bonita, e papai a amava.

Olho para este maldito cheque, e é ele que me encara.

Que me acusa.

Sei que a gente nunca dá atenção suficiente aos pais e quando tomamos consciência disso já é tarde. Para Romain, não passo de um número de telefone na memória de um celular, recordações de férias em Bray-Dunes e alguns domingos na baía de Somme. Não o cerco de mimos, como tampouco cerquei meus pais. Sempre transmitimos nossos erros. Nadine é diferente. Ela não fala. Ela dá. Cabe a nós decodificar. Receber. Desde o último Natal ela me envia seus curtas de Londres, pela internet.

O último dura um minuto.

Há apenas um único plano e efeitos de zoom um tanto bruscos. Vemos uma velha numa plataforma da Victoria Station. Ela tem cabelos brancos; diríamos uma grande bola de neve. Ela desembarcou de um trem, dá alguns passos, descansa a mala pesada no chão. Olha em volta; a multidão a contorna, como a água um seixo; e então, num abrir e fechar de olhos, ela está absolutamente só, minúscula, esquecida. A mulher não é uma atriz. A multidão não é uma multidão de figurantes. É uma imagem real. Pessoas reais. Uma história real. Um mero destroço. Como trilha sonora, Nadine escolheu o *adagietto* da quinta sinfonia de Mahler e fez desse minuto o minuto mais perturbador que me foi dado ver sobre a dor do abandono. Da perda. Do medo. A morte.

Dobro o cheque. Eu o esgano em meu punho.

Comecei a emagrecer.
    Acho que deve ser o estresse. Ao meio-dia, não volto mais para casa, fico no armarinho. Não almoço. As gêmeas se preocupam, dou como pretexto contas atrasadas, encomendas por fazer, meu blog. Agora tenho aproximadamente oito mil visitas diárias. Aceitei inserir publicidade no blog e, com o dinheiro recebido, posso pagar Mado. Depois que uma infeção pulmonar levou sua filha mais velha para a UTI no mês passado, Mado está com tempo livre. Tem palavras em excesso, agora. Amor em excesso. Extravasa coisas inúteis, receitas que nunca mais executará (uma torta de alho-poró, um pão de ló caramelado), cantigas para os netos que ela não terá. Ainda chora às vezes, no meio de uma frase, ou quando ouve uma canção, ou quando uma moça entra e pede fita de sarja ou de gorgorão para a mãe. Ela agora trabalha conosco. Responde às mensagens deixadas em *dedosdeouro*; pega e acompanha as encomendas, depois

que nos aventuramos num mini-site de compras. Sua filha mais velha chamava-se Barbara. Tinha a idade de Romain.

Mado adora as gêmeas; elas são loucas, me diz, mas muito *maneiras*. Depois que passou a me ajudar no blog, experimenta palavras jovens.

Guerreira!

Todas as quartas-feiras, sai para almoçar com Danièle e Françoise, no Deux Frères, na rue de la Taillerie. Pedem uma salada, uma Perrier, vez por outra uma taça de vinho, mas, o mais importante, preenchem seus bilhetes. Vasculham suas memórias em busca de números mágicos. Um aniversário. A data de um encontro amoroso. O peso ideal. O número da Previdência Social. O de suas casas da infância. A data de um beijo, de uma primeira vez. Aquela, inesquecível, de uma dor inconsolável. Um número de telefone que não atende.

Todas as tardes de quarta-feira, quando volta, Mado está com os olhos rutilantes, feito bolinhas de loteria. E todas as tardes de quarta-feira, ela me diz: oh, Jo, Jo, se eu ganhasse, se eu ganhasse, você não imagina tudo que eu faria!

E hoje, pela primeira vez, pergunto a ela, o que você faria, Mado? Não sei, ela responde. Mas seria extraordinário.

Foi hoje que comecei a lista.

Lista das minhas necessidades.
Uma luminária para a mesa da entrada.
Um cabide de pé (estilo bistrô).
Uma espécie de bandeja para guardar as chaves e a correspondência (na Cash Express?).
Duas frigideiras Tefal.
Um micro-ondas novo.
Uma centrífuga.
Uma faca de pão.
Um descascador de batatas. (Hilário, quando se tem dezoito milhões!!!!)
Panos de chão.
Uma cuscuzeira.
Dois pares de roupas de cama para o nosso quarto.
Um edredom e uma capa de edredom.
Um tapete antiderrapante para o boxe.
Uma cortina de boxe (sem flores!).
Um armariozinho de farmácia (de parede).

Um espelho ampliador com iluminação. (Vi na internet. Marca Babyliss, 62,56 euros sem o frete.)
Uma nova pinça de depilar.
Chinelos para o Jo.
Protetores de ouvido. (Por causa do roncador!)
Um tapetinho para o quarto de Nadine.
Uma bolsa nova. (Chanel? Ver Dior também.)
Um casaco novo. (Voltar para ver na Caroll, rue Rouille. Bonito casaco 30% de lã, 70% de alpaca. Bastante confortável. <u>Me emagreceu</u>. 330 euros.)
Um Blackberry (por causa do blog).
Uma passagem de trem para ir a Londres. (Com Jo. Pelo menos dois dias.)
Um radinho para a cozinha.
Uma tábua de passar nova.
Um ferro de passar. (Muito bonito, a vapor, visto em Auchan, 300,99 euros.)
Um solvente e uma máscara reparadora para os cabelos. (Marionnaud, 2,90 euros e 10,20.)
Bela do Senhor. *(Reler. Vi edição da Folio na livraria Brunet.)*
Finanças pessoais para leigos.
Cuecas e meias para o Jo.
Um televisor tela plana. (???)
O James Bond completo em DVD. (???)

A jornalista voltou.

Trouxe croissants e um pequeno gravador. Não tenho escapatória.

Não, não sei como começou. Sim, desejei compartilhar minha paixão. Não, nunca pensei de verdade que viesse a interessar tantas mulheres. Não, *dedosdeouro* não está à venda. Não é pelo dinheiro. Não, acho que o dinheiro não compra esse tipo de coisa. Sim, é verdade, ganho dinheiro com a publicidade. Ela me permite pagar um salário extra, o de Mado.

Sim, me dá prazer, e sim, tenho orgulho. Não, não me sobe à cabeça e, na verdade, não, não podemos falar realmente de sucesso. Sim, o sucesso é perigoso, quando começamos a não duvidar mais da gente. Ah, sim, duvido de mim diariamente. Não, meu marido não me ajuda em nada com relação ao blog. Ele estuda comigo a maneira de armazenar as coisas, sim, porque as vendas vão bem; despachamos inclusive um kit de ponto de cruz para Moscou, ontem. Moscou? Dou uma risada. É um bairro perto do Canal du Midi, em Toulouse. Ah. Não. Não existe mensagem no que faço. Só prazer e paciência. Sim, acho que nem tudo que vem do passado está ultrapassado. Fazer pessoalmente tem uma coisa de muito bonito; não ter pressa, isso é importante. Sim, acho que tudo anda muito rápido. Falamos rápido demais. Refletimos rápido demais, quando refletimos! Enviamos e-mails, mensagens sem reler, perdemos a elegância da ortografia, a polidez, o sentido das coisas. Soube de crianças que publicaram fotos no Facebook nas quais estão vomitando. Não, não, não sou contra o progresso; só tenho medo de que ele isole ainda mais as pessoas. Mês passado, uma adolescente quis morrer, avisou aos seus 237 amigos e ninguém respondeu. Perdão? Sim, está morta. Enforcou-se. Não houve ninguém para lhe dizer que eram vinte minutos de dores atrozes. Que sempre temos vontade de ser salvos, que apenas o silêncio responde às súplicas asfixiadas. Então, já que você insiste e quer uma fórmula, eu diria que *dedosdeouro* é como os dedos de uma mão. As mulheres são os dedos, e a mão, a paixão. Posso citá-la? Não, não, é ridículo. Ao contrário, acho comovente. É uma imagem bonita.

 Em seguida, desliga o gravador.

 Acho que tenho um monte de coisas ótimas para a minha matéria, obrigada, Jo. Ah, uma última pergunta. Ouviu falar dessa moradora de

Arras que ganhou dezoito milhões na loteria? Desconfio imediatamente. Sim. Se fosse você, Jo, o que você faria? Não sei o que responder. Ela insiste. Você incrementaria o *dedosdeouro*? Ajudaria essas mulheres solitárias? Criaria uma fundação? Gaguejo.

Eu... não sei. Isso... isso não aconteceu. E depois, não sou nenhuma santa, imagine. Minha vida é simples e gosto dela tal como é.

Obrigada, Jo.

— Papai, ganhei dezoito milhões.

Meu pai olha para mim. Não acredita no que ouve. Sua boca se abre num sorriso. Que se transforma em riso. Um riso nervoso no início, que se transforma em alegria. Enxuga as pequenas lágrimas que cintilam em seus olhos. Formidável, filhinha, deve estar contente. Contou à sua mãe? Sim, contei à mamãe. E o que vai fazer com todo esse dinheiro, Jocelyne, você tem uma ideia? Pois é, papai, não sei. Como não sabe? Todo mundo saberia o que fazer com uma soma dessas. Você pode ter uma vida nova. Mas gosto da minha vida, papai. Você acha que, se Jo soubesse, continuaria a me amar como sou? Você é casada?, ele me pergunta. Abaixo os olhos. Não quero que veja minha tristeza. Você tem filhos, querida? Porque, se for o caso, mime-os; nunca damos atenção suficiente a nossos filhos. Será que eu mimo você, Jo? Sim, papai, todo dia. Ah, isso é bom. Eu e sua mãe damos boas risadas com você, mesmo quando trapaceia no Banco Imobiliário e jura que é inocente, que a nota de quinhentos estava ali, na pilha de suas notas de cinco. Sua mãe é louca por você. Todas as noites, quando você chega, assim que ouve sua chave na fechadura, ela faz um gesto muito bonito: arruma a mecha que ultrapassa um pouco sua orelha e se olha furtivamente no espelho, quer estar bonita para você. Quer ser seu presente. Quer ser sua Bela, sua Bela do Senhor. Acha que sua mãe vai chegar?, porque ela ficou de me trazer o jornal e o creme de barbear, o meu acabou. Ela vai chegar, papai, ela vai chegar. Ah, está bem, está bem. Como é o seu nome mesmo?

Seis minutos passam depressa.

Esse fim de semana Jo me leva a Le Touquet.

Perdi mais peso, ele se preocupa. Está trabalhando muito, diz. O armarinho, o blog, o sofrimento de Mado. Precisa descansar.

Ele reservou um quarto no modesto hotel de la Forêt. Chegamos em torno das quatro da tarde.

Na autoestrada, fomos ultrapassados por sete Porsche Cayenne e todas as vezes percebi claramente seu olhar fugaz. Suas pequenas centelhas de sonho. Elas brilhavam mais que o normal.

Trocamos de roupa no banheiro úmido e descemos para a praia, pela rue Saint-Jean. Ele compra chocolates para mim no Chat Bleu. Você está louco, sussurro ao seu ouvido. Você precisa repor as energias, ele responde, sorrindo. Chocolate contém magnésio, é um antiestressante. Você sabe das coisas, Jo.

Novamente do lado de fora, ele me dá a mão. Você é um marido maravilhoso, Jo; um irmão mais velho, um pai, e todos os homens de que uma mulher pode precisar.

Até mesmo seu inimigo; isso me dá medo.

Caminhamos sem pressa pela praia.

Carrinhos a vela passam a toda velocidade rente a nós, suas asas estalam e me assustam a cada vez, como quando revoadas de andorinhas davam rasantes perto da casa da vovó, nos verões da minha infância. Na baixa temporada, Le Touquet parece um cartão-postal. Aposentados, labradores, cockers e às vezes algumas moças passeando pelo píer com um carrinho de bebê. Na baixa estação, Le Touquet sai do tempo. O vento fustiga nossos rostos, a maresia resseca nossas peles; nos arrepiamos, estamos em paz.

Se ele soubesse, seria um tumulto, seria uma guerra. Se ele soubesse, não iria querer ilhas ao sol, drinques fortes, areias escaldantes? Um quarto imenso, lençóis limpos, taças de champanhe?

Caminhamos por mais uma hora e regressamos ao hotel. Jo para no barzinho, pede uma cerveja sem álcool. Subo para tomar um banho.

Olho meu corpo nu no espelho do banheiro. Minha boia de carne desinchou, minhas coxas parecem mais magras. Tenho um corpo em trânsito entre dois pesos. Um corpo indefinido. Mesmo assim, acho-o bonito. Perturbador. Ele anuncia um desabrochar. Uma fragilidade nova.

Rumino que se fosse muito rica eu o acharia feio. Gostaria de refazer tudo. Prótese mamária.

Lipoaspiração. Abdominoplastia. Lifting braquial. E talvez uma ligeira blefaroplastia.

Ser rico é detectar tudo o que é feio, uma vez que o rico tem a arrogância de pensar que pode mudar as coisas. Que basta pagar para isso.

Mas não sou rica. Apenas possuo um cheque de dezoito milhões, quinhentos e quarenta e sete mil, trezentos e um euros e vinte e oito centavos, dobrado em oito, escondido no fundo de um sapato. Possuo tão somente a tentação. Outra vida possível. Casa nova. Aparelho de tevê novo. Um monte de coisas novas.

Mas nada diferente.

Mais tarde, encontro meu marido no salão do restaurante. Ele pediu uma garrafa de vinho. Brindamos. Tomara que nada mude e tudo dure, ele diz. *Nada diferente.*

Obrigada, aí em cima, por ainda não me ter feito depositar o cheque.

Lista dos meus desejos.
 Sair de férias sozinha com Jo. (Mas não ao camping do Sorriso. Toscana?)
 Pedir para mudarem o papai de quarto.
 Levar Romain e Nadine para visitar o túmulo da mamãe. (Falar dela com eles. De seus folheados, miam-miam.)
 Cortar o cabelo.
 Lingerie vermelha, sexy. (Jo, você vai enlouquecer!)
 O casaco da loja Caroll antes que acabe. DEPRESSA!!
 Refazer a decoração da sala. (Tela plana???)
 Substituir a porta da garagem por um portão automático.
 Um dia comer no Taillevent em Paris. (Li um artigo na Elle à Table *que me deixou com água na boca.)*
 Foie gras no pão preto com as gêmeas e vinhos finos uma noite inteira falando dos homens.

Pedir a Jo para construir uma casinha para as latas de lixo no quintal. (Ódio da reciclagem!!!)
Voltar a Étretat.
Passar uma semana em Londres com Nadine. (Partilhar sua vida. Carícias. Ler O pequeno príncipe para ela. Meu Deus, pirei!)
Ousar dizer a Romain que achei sua namorada do último Natal feia, vulgar e medonha. (Enviar um dinheirinho para ele.)
Fazer um tratamento num spa. (Des Paouilles. Esthederm? Simone Mahler?) Me cuidar. Esquece, em domicílio!
Comer melhor.
Fazer um regime. (Todos os 2.)
Dançar agarradinha com Jo "L'Été indien", no próximo 14 de julho.
Comprar o James Bond completo em DVD. (???)
Convidar a jornalista para almoçar. (Mandar um presente para sua mãe.)
Uma bolsa Chanel.
Louboutin.
Hermès. (Mandar desdobrarem um monte de xales e fazer um muxoxo, vou pensar!)
Comprar um relógio-cronômetro Seiko.
Espalhar aos quatro ventos que sou eu a ganhadora dos dezoito milhões. (Dezoito milhões, quinhentos e quarenta e sete mil, trezentos e um euros e vinte e oito centavos, exatamente.)

Ser invejada. Desejada. (Finalmente!!!) (É engraçado escrever "desejada" na minha lista de desejos.)

Passar no revendedor da Porsche (Lille? Amiens?). Pedir a documentação do Cayenne.

Assistir pelo menos uma vez a um concerto de Johnny Hallyday. Antes que ele morra.

Um 308 com GPS. (???)

Que digam que sou bonita.

Por um triz não tive um amante.

Logo depois do nascimento do corpinho morto de Nadège. Quando Jo quebrou um monte de coisas dentro de casa e parou de beber oito ou nove cervejas por noite, chapado em frente ao Radiola.

Foi quando ele virou um crápula.

Bêbado, não passava de um grande legume. Um traste; tudo que uma mulher detesta num homem, vulgaridade, egoísmo, inconsequência. Mas continuava manso. Um legume. Um molho congelado.

Não, a sobriedade é que foi a responsável pela crueldade de Jo. No início, culpei sua abstinência. Ele substituíra suas dez cervejinhas pelo dobro de Tourtel. Parecia querer beber todas a fim de descobrir o famoso 1% de álcool que supostamente continham, segundo as informações minúsculas no rótulo, e alcançar a ebriedade que lhe faltava. Mas no fundo das garrafas e dele mesmo não havia senão esta malvadeza. Estas palavras incubadas em sua boca: foi seu corpo gordo que asfixiou Nadège. Todas as vezes que você se sentava, você a estrangulava. Meu bebê morreu porque você não cuidou dele. Seu corpo é uma lata de lixo, minha pobre Jo, uma grande e nojenta lata de lixo. Uma leitoa. Você é uma leitoa. A porra de uma leitoa.

Fiquei destroçada.

Eu não respondia. Ruminava que ele devia estar sofrendo de uma maneira atroz. Que a morte de nossa filhinha o enlouquecera e ele voltava aquela loucura contra mim. Foi um ano negro; trevas. Eu levantava durante a noite para chorar no quarto de Nadine, que dormia de punhos cerrados. Eu não queria que ela escutasse, que visse o quanto ele me machucava. Eu não queria aquele tipo de vergonha. Pensei cem vezes em fugir com as crianças e disse comigo que aquilo passaria. Que o sofrimento dele terminaria por ficar mais leve, voar; nos deixar. Há infortúnios tão pesados que somos obrigados a deixá-los partir. Não podemos guardar tudo, represar tudo. Eu esticava meus braços no escuro; abria-os, esperando que mamãe viesse aninhar-se neles. Rezava para que seu calor me irradiasse; que as trevas não me carregassem. Mas as mulheres estão sempre sozinhas em meio ao mal dos homens.

Se não morri nessa época, foi graças a uma frasezinha banal. Depois, à voz que a pronunciara. Depois, à boca de onde ela saíra. Depois, ao belo rosto no qual essa boca sorria.

— Posso ajudá-la?
Nice, 1994.
Oito meses desde que enterráramos o cadáver de Nadège. Caixão branco laqueado horrível. Duas pombas de granito alçando voo sobre a lápide. Eu vomitara, não aguentara. O doutor Caron me receitara uns remédios. E repouso. E ar puro.

Foi no mês de junho. Jo e as crianças ficaram em Arras. A fábrica, o fim das aulas; suas noites sem a minha presença; requentar pratos no micro-ondas, ver fitas no vídeo, filmes deploráveis a que ousamos assistir quando mamãe não está; noites a se dizerem ela voltará logo, as coisas vão melhorar. Um pequeno luto.

Contei ao doutor Caron que não suportava mais a crueldade de Jo. Dissera palavras que nunca pronunciara. Fraquezas; meus medos de mulher. Confessei o meu pavor. Senti vergonha, fiquei congelada, petrificada. Chorei, babei, aprisionada em seus velhos braços ossudos; suas pinças.

Chorei de nojo do meu marido. Dilacerei meu corpo assassino; a ponta do facão de carne desenhou gritos em meus antebraços, empapando meu rosto com meu sangue culpado. Enlouqueci. A ferocidade de Jo me consumira, aniquilara minhas forças. Cortei minha língua para fazê-lo calar, furei meus ouvidos para não mais escutá-lo.

Assim, quando o doutor Caron pai me disse, com todo o seu mau hálito, vou lhe receitar um tratamento, sozinha, três semanas, vou salvá-la, Jocelyne, então seu mau hálito trouxe a luz.

E eu partira.

Nice, centro Saint-Geneviève. As irmãs dominicanas eram encantadoras. Vendo seus sorrisos, a gente diria não haver horror humano que elas não pudessem conceber e, consequentemente, perdoar. Seus rostos eram luminosos, como os das santas nos pequenos marcadores de página dos missais de nossa infância.

Eu dividia um quarto com uma mulher da idade que mamãe teria. Éramos, ela e eu, nas palavras das irmãs, pacientes *leves*. Precisávamos de repouso. Reencontrar-nos. Redescobrir-nos. Precisávamos nos amar novamente. Reconciliar-nos, enfim. Nosso status de pacientes *leves* permitia-nos sair.

Todas as tardes, depois da sesta, eu caminhava até a praia.

Uma praia desconfortável, coberta de cascalho. Se não houvesse o mar, julgaríamos um pequeno terreno baldio. Neste momento, quando olho para a água, o sol bate nas costas. Passo creme. Meus braços são muito curtos.

— Posso ajudá-la?

Meu coração dá um pinote. Eu me viro.

Ele está sentado a dois metros de mim. Veste camisa branca e calça bege. Está descalço. Não vejo seus olhos por causa dos óculos escuros. Vejo a boca. Seus lábios da cor de uma fruta da qual acabam de sair aquelas duas palavras atrevidas. Eles sorriem. Então a presença atávica de todas as mulheres que resultaram em mim vem à superfície:

— Isso não se faz.

— O que é que não se faz? Eu querer ajudá-la ou você aceitar?

Meu Deus, ruborizo. Apanho a saída de praia, cubro os ombros.

— Eu estava de saída, de toda forma.

— Eu também — ele rebate.

Não nos mexemos. Meu coração dispara. Ele é bonito, não sou bonita. Ele é um predador. Um garanhão. Um cafajeste, tenho certeza. Ninguém aborda você assim em Arras. Nenhum homem se atreve a lhe dirigir a palavra sem perguntar antes se você é casada. No mínimo, se está com alguém. Ele, não. Entra sem bater. Mete o ombro. O pé na porta. E isso me agrada. Levanto. Ele já está de pé. Me oferece o braço. Eu me apoio. Meus dedos sentem o calor sob sua pele curtida. O sal deixou-lhe vestígios de um branco sujo. Saímos da praia. Seguimos pelo Passeio dos Ingleses. Apenas um metro nos separa. Mais adiante, quando estamos defronte ao Negresco, sua mão segura meu cotovelo; como se eu fosse cega, ele me ajuda a atravessar. Gosto dessa vertigem. Fecho demoradamente os olhos, seja o que Deus quiser. Entramos no hotel. Meu coração dispara. Perco a razão. O que será que me deu? Vou pra cama com um desconhecido? Estou louca.

Seu sorriso, contudo, me tranquiliza. E sua voz.

— Venha. Eu lhe ofereço um chá.

Ele pede dois Orange Pekoe.

— É um chá leve, originário do Ceilão, ideal para se beber à tarde. Já foi ao Ceilão?

Abaixo os olhos. Tenho quinze anos. Uma sentimental.

— É uma ilha no oceano Índico a menos de cinquenta quilômetros da Índia. Virou o Sri Lanka em 1972, quando...

Interrompo.

— Por que está fazendo isso?

Ele pousa delicadamente sua xícara de Orange Pekoe. Então segura meu rosto em suas mãos.

— Ainda há pouco eu a vi de costas na praia e a imensa solidão de seu corpo me deixou perturbado.

Ele é uma coisa. Tipo Vittorio Gassman em *Perfume de mulher*.

Estendo então meu rosto, meus lábios buscam os seus, encontram. É um beijo raro, inesperado; um beijo quente com gosto de oceano Índico. Um beijo que dura, um beijo que diz tudo; minhas carências, seus desejos, meus sofrimentos, suas impaciências. Nosso beijo é meu sequestro; minha vingança; é todos os que não tive, o de Fabien Derôme no primário, o do meu tímido cavaleiro de "L'Été indien", o de Philippe de Gouverne a quem nunca ousei abordar, os de Solal, do príncipe encantado, de Johnny Depp e Kevin Costner antes dos implantes, todos os beijos com que sonham as adolescentes; os anteriores aos de Jocelyn Guerbette. Empurro lentamente meu desconhecido.

Meu murmúrio.

— Não.

Ele não insiste.

Se ele é capaz de ler minha alma só de olhar minhas costas, conhece agora, fitando meus olhos, meu pavor de mim mesma.

Sou uma mulher fiel. A maldade de Jo não é uma razão suficiente. Minha solidão não é uma razão suficiente.

Voltei para Arras no dia seguinte. A raiva de Jo passara. As crianças haviam preparado *croque-monsieur* e alugado *A noviça rebelde*.

Mas nada nunca é tão simples.

Depois da matéria no *Observateur de l'Arrageois*, virou uma loucura.

O armarinho não esvazia. *Dedosdeouro* contabiliza onze mil visitas diárias. Registramos mais de quarenta encomendas por dia no nosso mini-site de vendas. Recebo trinta currículos todas as manhãs. O telefone não para de tocar. Pedem-me para dar aulas de costura nas escolas. De bordado nos hospitais. Um hospício me solicita para aulas de tricô, coisas simples, cachecóis, meias. O departamento de oncologia infantil do centro hospitalar pede gorros alegres. Às vezes luvas para dois ou três dedos. Mado está sobrecarregada, passou a tomar um antidepressivo e, quando me preocupo, ela responde com um riso nervoso que deforma sua boca, se eu parar, Jo, vou desabar, e se eu desabar, tudo desaba comigo, então não me segure, me empurre, me empurre, Jo, eu lhe peço. Promete consultar o doutor Caron, comer mais salmão, levar a sério. À noite, Jo me faz recitar as regras de segurança alimentar, o princípio da cadeia do frio, que ele precisa saber para seu exame de gerente. *"Alimentos supercongelados" são aqueles submetidos a um processo de "supercongelamento", pelo qual a zona de cristalização máxima é percorrida tão rapidamente quanto necessário, tendo como efeito que a temperatura do produto seja mantida — após estabilização térmica — sem interrupção a valores inferiores ou iguais a –18ºC. O supercongelamento deve ser efetuado sem demora em produtos saudáveis e comercializáveis por meio de um equipamento técnico apropriado. Apenas o ar, o azoto e o anidrido carbônico, respeitando critérios de pureza específicos, estão autorizados como fluidos frigorígenos.*

É um aluno curioso, que nunca se irrita, a não ser consigo mesmo. Incentivo-o. Um dia você realizará os seus sonhos, meu Jo, então ele pega minha mão, leva-a até os seus lábios e diz graças a você, Jo, graças a você, e isso me faz corar.

Meu Deus, se você soubesse. Se soubesse, o que seria de você?

As gêmeas pediram que eu confeccionasse pulseirinhas de cordão encerado para vender no salão. Sempre que fazemos a unha de alguém, conseguimos empurrar um penduricalho, diz Françoise, imagine então pulseiras "da Jo", depois da sua entrevista ao *L'Observateur*, vai sair que nem pão quente, acrescenta Danièle. Faço vinte. Acaba tudo na mesma tarde. Com a sorte que você tem, elas dizem, deveria jogar na loteria. Rio junto com elas. Mas sinto medo.

Esta noite, convidei-as para jantar lá em casa.

Jo mostra-se simpático, engraçado e atencioso a noite inteira. As gêmeas trouxeram duas garrafas de Veuve Clicquot. As bolhas da bebida desatam nossas línguas quando estouram nos palatos. Estamos todos ligeiramente bêbados. E, na embriaguez, são sempre os medos ou as esperanças que vêm à tona.

Vamos fazer quarenta anos, diz Danièle, se não encontrarmos um cara esse ano, babau. Dois caras, esclarece Françoise. Rimos. Mas não é engraçado. Talvez estejamos destinadas a viver unidas, como siamesas. Vocês experimentaram o site de encontros?, pergunta Jo. Óbvio. Só dá tarado. Assim que descobrem que somos gêmeas, querem transar a três. Gêmeas é um troço que excita os caras, eles de repente acham que têm dois paus. E por que não se separam?, arrisca Jo. Melhor morrer, gritam elas em coro antes de caírem nos braços uma da outra. As taças se enchem e esvaziam. Um dia, ganharemos uma bolada e mandaremos todos esses coitados pastar. Pagaremos gigolôs, pronto, gigolôs, caras descartáveis, usou, tchau, lixo! Próximo! Caem na risada. Jo olha para mim, sorri. Seus olhos cintilam. Embaixo da mesa, meu pé acaricia o seu.

Vou sentir saudades de Jo.

Amanhã cedinho ele parte para uma semana na sede do grupo Nestlé, em Vevey, na Suíça, a fim de terminar sua formação de gerente e ser chefe de unidade na Häagen-Dazs.

Quando ele voltar, iremos passar um fim de semana no Cap Griz-Nez para comemorar. Nos prometemos ostras e uma grande travessa de frutos do mar. Ele reservou um quarto espaçoso na fazenda de Waringzelle, a apenas quinhentos metros do mar e de milhares de aves migratórias em trânsito rumo a céus mais clementes. Sinto orgulho dele. Vai ganhar três mil euros por mês, de agora em diante terá direito a uma escala de prêmios e a uma previdência melhor.

Meu Jo se aproxima de seus sonhos. Nos aproximamos da verdade.

E você, Jocelyn, pergunta subitamente Danièle ao meu marido, enrolando ligeiramente a língua por causa do champanhe, nunca teve uma fantasia com duas mulheres? Risos. De toda forma, por princípio, banco a ofendida. Jo descansa a taça. Jo, ele responde, me satisfaz plenamente; às vezes ela é tão voraz que é como se fosse duas. Novas gargalhadas. Bato no braço dele, não ouçam, ele não sabe o que fala.

Mas a conversa descamba e me lembra aquelas à sombra dos pinheiros do camping do Sorriso, com J.-J., Marielle Roussel e Michèle Henrion, quando o calor e a bebida conjugados nos fazem perder a cabeça e falar sem pudor de nossos remorsos, medos e carências. Devo ter a coleção mais bonita de consolos, diz Michèle Henrion, sorrindo triste, no último verão; pelo menos eles não caem fora logo depois de gozar, e não brocham, acrescentou Jo em sua embriaguez. Com o tempo, todas nós sabemos disso, a sexualidade é amputada do desejo. Tentamos então despertá-lo, provocá-lo com audácias, novas experiências. Nos meses subsequentes ao meu tratamento em Nice no centro Sainte-Geneviève, nossos desejos haviam fugido. Jo substituíra-os pela brutalidade. Gostava de me possuir às pressas, me machucava, sodomizava todas as vezes; eu detestava isso, mordia meus lábios até sangrar para não uivar de dor; mas Jo só escutava seu prazer e seu sêmen ejaculado, retirava-se vivamente do meu ânus, subia a calça e desaparecia pela casa ou pelo jardim, com uma cerveja sem álcool.

As gêmeas estão bêbadas quando vão embora e Françoise riu tanto que fez um pouco de xixi na calcinha. Ficamos sozinhos, Jo e eu. A cozinha e a sala de jantar parecem um campo de batalha. É tarde. Vou arrumar, vá se deitar, eu digo, amanhã você acorda cedo.

Ele então se aproxima de mim e me toma subitamente nos braços; me dá um amasso. Com toda a sua força. Sua voz é doce ao meu ouvido. Obrigado, minha Jo, sussurra. Obrigado por tudo que fez. Ruborizo; felizmente ele não vê. Tenho orgulho de você, eu digo, vamos, se apresse, ou vai acordar cansado amanhã.

O vice-diretor da fábrica vem buscá-lo às quatro meia da manhã. Vou preparar uma garrafa térmica de café. Então ele me olha. Há alguma coisa de docemente triste em seus olhos. Seus lábios vêm pousar nos meus, entreabrem-se lentamente, sua língua entra como uma cobra; é um beijo de rara doçura, qual um primeiro beijo.

Ou um último.

Lista das minhas loucuras (com dezoito milhões no banco).

Parar com o armarinho e retomar o curso de moda.
Um Porsche Cayenne.
Uma casa à beira-mar. NÃO.
Um apartamento em Londres para Nadine.
Me obrigar a pôr silicone nos seios, emagreci. (NÃONÃONÃO. Enlouqueceu, por acaso!!? Justamente, a lista é pra isso :-)
Um monte de coisas na Chanel. NÃO.
Uma enfermeira em tempo integral para o papai. (Uma conversa a cada seis minutos!!!)
Separar um dinheirinho para Romain. (Ele vai acabar mal.)

Jo partiu faz dois dias.
 Faço nova visita a papai. Volto a falar com ele a respeito dos meus dezoito milhões, meu suplício. Ele não acredita no que ouve. Me dá os parabéns. O que vai fazer com tudo isso, minha querida? Não sei, papai, estou com medo. E sua mãe, o que acha dessa história? Ainda não falei com ela, papai. Venha, se aproxime, filhinha, me conte tudo. Jo e eu somos felizes, digo com uma voz trêmula. Tivemos altos e baixos como todos os casais, mas conseguimos superar as coisas ruins. Temos dois belos filhos, uma bonita casinha, saímos de férias duas vezes por ano. O armarinho vai de vento em popa. O site da internet está crescendo, já somos oito. Dentro de uma semana, Jo será gerente e chefe de unidade na fábrica, comprará um televisor tela plana para a sala e pedirá um crédito para o carro dos seus sonhos. É frágil, mas resiste, estou feliz. Tenho orgulho de você, murmura meu pai, pegando minha mão na sua. E esse dinheiro,

papai, meu medo é que ele... Quem é você?, ele pergunta subitamente.

Malditos seis minutos.

Sou sua filha, papai. Você me faz falta. Seus carinhos me fazem falta. O barulho do chuveiro quando você chegava em casa me faz falta. Mamãe me faz falta. Minha infância me faz falta. Quem é você?

Sou sua filha, papai. Tenho um armarinho, vendo botões de cueca e zíperes porque você ficou inválido e precisei cuidar de você. Porque mamãe morreu na calçada quando se preparava para fazer compras. Porque não tive sorte. Porque eu queria beijar Fabien Derôme e foi aquele pedante do Marc--Jean Robert com seus poeminhas que derretiam o coração das meninas, escritos em folhas quadriculadas, que teve o meu primeiro beijo. Quem é você?

Sou sua filha, papai. Sua filha única. Sua cria. Cresci esperando você chegar e vendo a mamãe desenhar o mundo. Cresci com medo de não ser bonita para os seus olhos, deslumbrante como a mamãe, brilhante como você. Sonhei desenhar e criar vestidos, deixar todas as mulheres bonitas. Sonhei com Solal, com o cavaleiro branco, sonhei com uma história de amor absoluto; sonhei ingenuamente com paraísos perdidos, lagoas; sonhei que tinha asas; sonhei ser amada pelo que sou, sem fazer concessões. Quem é você?

Sou a moça da faxina, cavalheiro. Vim verificar se está tudo em ordem no seu quarto. Vou lavar seu banheiro, como todos os dias, esvaziar a cesta de lixo, trocar o saquinho plástico e limpar suas fezes.

    Obrigado, a senhorita é um amor.

Em casa, releio a lista das minhas necessidades e me parece que riqueza seria comprar tudo o que nela figura de uma tacada só, do descascador de batatas à tevê de tela plana, passando pelo casaco da Caroll e o tapete antiderrapante para o boxe. Voltar com todas as coisas da lista, destruir a lista e ruminar, pronto, não tenho mais necessidades. Agora só tenho desejos. Quantos desejos.

Mas isso nunca acontece.

Porque nossas necessidades são nossos pequenos sonhos cotidianos. São nossos pequenos afazeres, que nos projetam para amanhã, para depois de amanhã, no futuro; esses pequenos nadas que compraremos semana que vem e nos permitem pensar que continuaremos vivos semana que vem.

É a necessidade de um tapete de boxe antiderrapante que nos mantém vivos. Ou de uma cuscuzeira. De um descascador de batatas. Então espalhamos as compras à nossa frente. Planejamos os lugares onde as guardaremos. Às vezes compara-

mos. Um ferro a seco com um a vapor. Enchemos os armários lentamente, as gavetas uma a uma. Passamos uma vida enchendo uma casa; e, quando ela está cheia, estragamos as coisas para poder substituí-las, para ter o que fazer no dia seguinte. Chegamos a estragar o casamento para nos projetar em outra história, outro futuro, outra casa.
Outra vida para encher.
Passei na Brunet, na rue Gambetta, e comprei *Bela do Senhor*, edição de bolso. Aproveito as noites sem Jo para reler. Mas dessa vez é aterrador, pois agora sei. Ariane Deume toma seu banho, medita, prepara-se, e já conheço a chuva genebrina. Conheço a odiosa vitória do tédio sobre o desejo; do barulho da água vazando sobre a paixão, mas não posso me impedir de continuar a acreditar. O cansaço me vence no âmago da noite. Acordo esgotada, sonhadora, amorosa.
Até hoje de manhã.
Quando tudo vem abaixo.

Não gritei.

Não chorei. Não soquei as paredes. Nem arranquei os cabelos. Não quebrei nada à minha volta. Não vomitei. Não desmaiei. Nem sequer senti meu coração acelerar ou a possibilidade de uma síncope.

Em todo caso, eu me sentei na cama, para qualquer eventualidade.

Olhei em torno. Nosso quarto.

As pequenas molduras douradas com fotografias dos filhos, em todas as idades. Nossa fotografia de casamento, na mesinha de cabeceira de Jo. Um retrato meu, feito por mamãe, do meu lado da cama; pintou-o em poucos segundos sobre um papelzinho roxo com o que lhe restava de aquarela azul no pincel, é você lendo, ela dissera.

Meu coração permaneceu calmo. Minhas mãos não tremeram.

Me debrucei para pegar a blusa que eu deixara cair no chão. Coloquei-a ao meu lado, na cama. Meus dedos a haviam amarfanhado antes de largá-la. Vou passá-la daqui a pouco. Eu deveria ter me dado ouvidos e comprado o ferro a vapor que tinha visto na Auchan, por trezentos euros e noventa e nove, vigésima sétima posição da lista de minhas necessidades.

    Foi então que comecei a rir. Rir de mim.

    Eu sabia.

Foi o pó do reboco no salto do sapato que me deu a prova antes que eu visse.

Jo consertara o suporte do armário, mas, principalmente, fixara-o na parede porque ele ameaçava cair havia um bocado de tempo. Fizera dois grandes buracos no fundo do armário, bem como na parede, o que explicava o pó do reboco no armário e nos meus sapatos.

Fixado o armário, ele provavelmente quis espanar o pó farinhento de meus sapatos e foi então que descobriu o cheque.

Quando?

Quando o encontrara?

Desde quando sabia?

Desde que eu regressara de Paris, quando foi me buscar na estação? E murmurara ao meu ouvido que estava feliz com a minha volta?

Antes de Le Touquet? Levara-me até lá sabendo o mal que me causaria? Pegou minha mão na praia já sabendo que me trairia? E quando brindamos juntos na sala do restaurante do hotel e ele exprimiu o desejo de que nada mudasse e tudo durasse, já ria da minha cara? Preparava sua evasão de nossa vida?

Ou teria sido depois, ao chegarmos em casa? Eu não me lembrava do dia em que ele fixara o armário. Não estava em casa e ele não dissera nada. Tratante. Ladrão.

Claro, liguei para a sede da Nestlé, em Vevey.

Não existia Jocelyn Guerbette. A telefonista riu muito, quando insisti, quando lhe contei que ele estava passando a semana com eles, fazendo estágio de gerente e chefe de unidade para a fábrica Häagen-Dazs, de Arras, sim, sim, Arras, senhorita, na França, no Pas-de-Calais, código postal 62000. Ele lhe contou uma lorota, minha cara. Aqui é a sede da Nestlé Worldwide, acha que aqui formamos gerentes ou estoquistas?, claro que não. Avise à polícia se quiser, veja se ele não tem uma amante, mas acredite, madame, ele não se encontra aqui. Ela deve ter sentido claramente que eu estava surtando um pouco, porque, num dado momento, sua voz ficou mais amistosa e, antes de desligar, ela acrescentou um *sinto muito*.

Na fábrica, o chefe de Jo confirmou o que eu já presumia.

Ele pedira uma semana de folga e não aparecera nos últimos quatro dias; deve voltar na próxima segunda.

É o que você pensa. Não verá mais o Jo. Ninguém mais verá esse safado. Com dezoito milhões no bolso, o passarinho voou. Evaporou. Raspou o último *e* do meu prenome e, num passe de mágica, o cheque ficou no seu nome. Jocelyne sem *e*. Jocelyn Guerbette. Em quatro dias, teve tempo de ir para os cafundós do Brasil. Do Canadá. Da África. Da Suíça, talvez. Dezoito milhões instalam uma distância entre você e o que você deixa pra trás.

Uma distância absurda, impossível de percorrer.

A recordação do nosso beijo, cinco dias antes. Eu sabia. Era o último beijo. As mulheres sempre adivinham essas coisas. É um dom que temos. Mas eu não me dera ouvidos. Brincara com o fogo. Quisera acreditar que Jo e eu era para sempre. Aquela noite eu deixara sua língua acariciar a minha com aquela incrível doçura sem ousar deixar meu medo se expressar.

Acreditara que, depois de sobreviver à insuportável tristeza da morte de nossa filhinha, depois das cervejas vagabundas, das ofensas, da ferocidade e das mágoas, do amor brutal, animal, éramos inseparáveis, unidos, amigos.

Eis por que aquele dinheiro me assustara.

Eis por que eu calara o inacreditável. Represara a histeria. Eis por que, no fundo, não quis. Pensara que, se lhe desse o seu Cayenne, ele sumiria com ele, zarparia para longe, na velocidade do raio, não voltaria mais. Realizar os sonhos dos outros era correr o risco de destruí-los. Seu carro, ele que o comprasse sozinho. Em nome de seu orgulho. De seu miserável orgulho de homem.

Eu não estava enganada. Pressentira que aquele dinheiro seria uma ameaça para nós dois. Que era fogo. Caos incandescente.

Sabia, na carne, que, se podia fazer o bem, aquele dinheiro também podia fazer o mal.

A Pata Margarida tinha razão. A cobiça queima tudo à sua passagem.

Eu achava que meu amor era um dique. Uma barragem intransponível. Não ousara imaginar que Jo, o meu Jo, me roubaria. Trairia. Abandonaria.

Destruiria minha vida.

Pois, afinal, o que era minha vida?

Uma infância feliz — até o auge de meus dezessete anos, até o *Grito* de mamãe e, um ano depois, o AVC de papai e seus alumbramentos infantis a cada seis minutos.

Centenas de desenhos, de pinturas retratando os dias maravilhosos; a excursão maluca de calhambeque até os castelos do Loire, Chambord, onde caí na água e papai e outros senhores mergulharam para me socorrer. Outros desenhos; autorretratos de mamãe, nos quais está radiosa, cujos olhos não parecem refletir nenhum sofrimento. E uma pintura do casarão onde nasci, em Valenciennes, mas do qual não me lembro.

Meus anos de colégio, simples e calmos. No fundo, até mesmo o *não beijo* de Fabien Derôme foi uma bênção. Ele me ensinou que as feias também sonham com os mais bonitos, mas que entre elas e eles existem todas as beldades do mundo; inúmeras e intransponíveis montanhas. Então eu procurara ver a beleza onde ela se escondia para mim agora: na gentileza, na honestidade e na delicadeza, e isso foi Jo. Jo e sua brutal ternura que derrubaram meu coração, esposaram meu corpo e fizeram de mim sua mulher. Sempre fui fiel a Jo; até mesmo nos dias de tormenta, até mesmo nas noites de tempestade. Amava-o a despeito dele, da maldade que deformou seus traços e o fez dizer coisas tão horríveis quando Nadège veio a morrer no umbral de meu ventre; como se, colocando o nariz do lado de fora, ela houvesse aspirado o ar, provado do mundo e decidido que ele não lhe agradava.

Meus dois filhos vivos e nosso anjinho foram minha alegria e minha melancolia; ainda tremo às vezes por Romain, mas sei que o dia em que ele se sentir machucado e não houver ninguém para curar suas feridas, é para cá que ele voltará. Para os meus braços.

Eu gostava da minha vida. Gostava da vida que Jo e eu havíamos construído. Gostava da maneira como as coisas medíocres embelezaram-se aos nossos olhos. Gostava da nossa casa simples, confortável, amiga. Gostava do nosso jardim, da nossa modesta horta e dos miseráveis tomates-cereja que ela nos oferecia. Gostava de cultivar a terra gelada com meu marido. Gostava de nossos sonhos de primaveras próximas. Esperava, com o fervor de uma jovem mãe, ser avó um dia; aventurava-me nos bolos copiosos, nos crepes irresistíveis, nos chocolates densos. Queria novamente cheiros de infância em nossa casa, outras fotografias na parede.

Um dia eu instalaria um quarto no térreo para o papai, cuidaria dele e, a cada seis minutos, reinventaria uma vida para mim.

Eu gostava das milhares de Isoldas no *dedosdeouro*. Gostava de sua gentileza, calma e poderosa, como se fosse um rio; regeneradora feito um amor de mãe. Gostava daquela comunidade de mulheres, de nossas vulnerabilidades, nossas forças.

Gostava profundamente da minha vida e soube disso no exato instante em que ganhei esse dinheiro que estragaria tudo, e por quê?

Por um pomar maior? Tomates mais consistentes, mais vermelhos? Uma nova variedade de tangerinas? Uma casa maior, mais luxuosa; uma banheira com marolas? Por um Cayenne? Uma volta ao mundo? Um relógio de ouro, diamantes? Seios falsos? Plástica no nariz? Não. Não. E não. Eu possuía o que o dinheiro não podia comprar, mas apenas destruir.

A felicidade.

Minha felicidade, em todo caso. Minha. Com seus defeitos. Suas banalidades. Suas pequenezas. Mas minha.

Imensa. Fulgurante. Única.

Portanto, alguns dias após regressar a Paris com o cheque, tomei minha decisão: decidi queimar aquele dinheiro.

Mas o homem que eu amava o havia roubado.

Não contei nada a ninguém.

Às gêmeas, que me pediram notícias de Jo, respondi que ele estendera por uns dias seu estágio na Suíça a pedido da Nestlé.

Nadine continuava a mandar notícias. Estava namorando: um rapagão ruivo, animador de 3D que trabalhava no próximo *Wallace & Gromit*. Caía docemente apaixonada, minha filhinha, não queria precipitar nada, escreveu em seu último e-mail, porque, se amamos alguém e o perdemos, então não somos mais nada. Suas palavras finalmente saíam. Impossível não chorar. Respondi que por aqui estava tudo bem, que venderia o armarinho (verdade) e me dedicaria ao site (mentira). Não falei do seu pai. Da maldade que ele vinha fazendo conosco. E prometi visitá-la em breve.

Romain, como era de seu feitio, não mandava notícias. Soube que deixara a creperia de Uriage e a *garota* e trabalhava agora num videoclube em Sassenage. Provavelmente com outra *garota*.

É homem, diz Mado, homens são selvagens. E ela também chorou porque pensou em sua filha que não existia mais.

E, na oitava noite do sumiço de Jo e do meu cheque de dezoito milhões de euros, dei uma pequena festa no armarinho. Era tanta gente que chegava a invadir a calçada. Comuniquei que estava deixando o armarinho e apresentei minha substituta: Thérèse Ducrocq, a mãe da jornalista do *Observateur de l'Arrageois*. Quando explicou que não me substituiria de verdade, e sim "cuidaria da loja esperando meu retorno", Thérèse foi aplaudida. Jo e eu, esclareci às freguesas preocupadas, decidimos ter um ano sabático. Nossos filhos estão crescidos. Há viagens que nos prometemos fazer quando nos conhecemos, países a visitar, cidades para curtir e decidimos que chegou a hora de dar um tempo. Aproximaram-se de mim. Lamentaram a ausência de Jo. Perguntaram as cidades que visitaríamos, os países que atravessaríamos, os climas, para já nos oferecerem um suéter, um par de luvas, um poncho; você nos mimou tanto esse tempo todo, Jo, agora é nossa vez.

No dia seguinte, fechei a loja. Deixei as chaves com Mado. E as gêmeas acompanharam-me até Orly.

— Tem certeza do que está fazendo, Jo?

Sim. Cem vezes, mil vezes sim. Sim, tenho certeza de querer abandonar Arras, onde Jo me abandonou. Abandonar nossa casa, nossa cama. Sei que não suportarei nem sua ausência nem os cheiros pertinazes de sua presença. De seu creme de barbear, de sua água-de-colônia, de sua transpiração lenta, embutida no coração das roupas que ele deixou, e aquele mais forte, na garagem, onde ele gostava de brincar de carpinteiro; seu cheiro acre na serragem, no ar.

As gêmeas me acompanham o mais longe possível. Seus olhos estão marejados. Tento sorrir.

É Françoise quem adivinha e pronuncia o inimaginável.

Jo te largou, é isso? Partiu para uma mais bonita e mais jovem agora que vai ser chefe e desfilar de Cayenne?

Então minhas lágrimas rebentam. Não sei, Françoise, ele foi embora. Preciso mentir. Não falo da armadilha, do problema da tentação. Do dique arrebentado do meu amor. Pode ter acontecido alguma coisa com ele, tenta Danièle com uma voz de mel, confortável, não sequestram pessoas na Suíça? Li que, depois que abriram as contas e o dinheiro encoberto apareceu, aquilo virou uma África. Não, Danièle, ele não foi sequestrado, ele me sequestrou dele, me extirpou, amputou, apagou dele, só isso. E você não percebeu nada, Jo? Nada. Nada de nada de nada. Como num filme de terceira. Seu cara saiu para passar uma semana fora, você relê *Bela do Senhor* enquanto o espera; faz uma máscara, um lifting, uma depilação a cera, uma massagem com óleos essenciais para estar bonitona e macia quando ele chegar e, quando menos espera, é notificada de que ele não voltará. Como sabe disso, Jo, ele deixou uma carta, alguma coisa? Está na minha hora. Não, o pior é isso, nem sequer uma carta, simplesmente nada, um vazio sinistro, sideral. Françoise me abraça. Sussurro rapidamente uma coisa ao seu ouvido, transmito-lhe minhas últimas vontades. Ligue quando chegar, ela diz, quando termino. Descanse bastante, acrescenta Danièle. E, se precisar de nós, é só chamar. Eu passo pelos controles. Me volto.

Elas continuam ali. Suas mãos são passarinhos.

E então desapareço.

Não fui para muito longe.

O tempo está aberto em Nice. Ainda não é a temporada de férias, somente esse tempo entre dois momentos. Um tempo de convalescença. Vou diariamente à praia, no horário em que o sol bate nas costas.

Meu corpo recuperou a silhueta de antes de Nadine, de antes das carnes que asfixiaram Nadège. Estou em forma como vinte anos antes.

Todos os dias, mesmo quando o sol está fraco, passo creme nas costas e meu braço continua curto; e, todos os dias, nesse momento preciso, meu coração dispara, meus sentidos se aguçam. Aprendi a andar aprumada, a exibir um gestual seguro. A encobrir a confissão de solidão. Massageio lentamente os ombros, o pescoço, as omoplatas — meus dedos se arrastam, sem ambiguidade, porém; lembro-me de sua voz. De suas palavras há sete anos, quando vim aqui me pôr a salvo das malvadezas de Jo.

Posso ajudá-la?
Mas hoje as palavras às minhas costas são as das tagarelas em seus celulares, dos moleques que vêm aqui fumar e rir depois da escola. As palavras cansadas das jovens mães, já tão sós, seus rebentos à sombra em carrinhos de bebê, os maridos evaporados, que não as tocam mais; suas palavras salgadas, feito lágrimas.

Assim, no meio da tarde, depois de contar quarenta aviões decolando, junto minhas coisas e subo para o conjugado que aluguei por algumas semanas, o tempo de virar assassina, à rue Auguste--Renoir, atrás do museu de Belas-Artes Jules Chéret.

É um conjugado sem graça num prédio dos anos cinquenta, da época em que os arquitetos da Côte d'Azur sonhavam com Miami, hotéis e curvas; da época em que sonhavam em fugir. É um apartamento mobiliado. Os móveis são de mau gosto. Sólidos, ponto final. A cama range, mas, como durmo sozinha, o barulho só a mim incomoda. Da única janela, não vejo o mar; é onde seco minha roupa. À noite, ela cheira a vento, sal e diesel. À noite, janto sozinha, vejo televisão sozinha e continuo sozinha durante minhas insônias.

À tarde, choro novamente.

Quando volto da praia, tomo uma chuveirada, como papai fazia quando chegava em casa. Mas no meu caso não é para me desfazer dos resíduos de glutaraldeído. E sim dos de minha vergonha, minha dor. De minhas ilusões perdidas.

Me preparo.

Eu retornara ao centro Sainte-Geneviève logo após o sumiço de Jo. Embora as irmãs dominicanas não estivessem mais lá, as enfermeiras que as substituíam foram igualmente atenciosas.

Ao me deixar, Jo me confiscara a risada, a alegria, o gosto de viver.

Rasgara as listas de minhas necessidades, desejos e loucuras.

Privara-me dessas pequenas coisas que nos mantêm vivas. O descascador que compraremos amanhã no Lidl. O ferro a vapor, na Auchan, semana que vem. Um pequeno tapete para o quarto de Nadine, dentro de um mês, quando começar a liquidação.

Destruíra minha vontade de ficar bonita, de ser safada e boa amante.

Arranhara, riscara minhas lembranças de nós dois. Maculara irreparavelmente a poesia simples de nossa vida. Um programa de mãos dadas na praia de Le Touquet. Nossa histeria quando Romain deu os primeiros passos. Quando Nadine pronunciou pela primeira vez *pipi* apontando para o *papai*. Uma gargalhada depois que fizemos amor no camping do Sorriso. Nossos corações disparados no mesmo segundo, quando Denny Duquette reapareceu para Izzie Stevens na quinta temporada de *Grey's Anatomy*.

Abandonando-me porque me roubara, Jo destruiu tudo atrás de si. Sujou tudo. Eu o amara. E não me restava nada.

As enfermeiras me ensinaram pacientemente o gosto pelas coisas. Como ensinamos as crianças que vêm da fome a comer de novo. Como reaprendemos a viver aos dezessete anos quando nossa mãe morta urina na frente de todo mundo na calçada. Como reaprendemos a nos achar bonita; a nos mentir e perdoar. Elas apagaram minhas ideias negras, iluminaram meus pesadelos. Ensinaram-me a levar minha respiração mais para baixo, para o ventre, longe do coração. Quis morrer, quis fugir de mim. Não queria mais nada do que havia sido minha vida. Passara em revista minhas armas e selecionara duas.

Me jogar debaixo de um trem. Cortar minhas veias.

Me jogar de uma ponte quando o trem passasse. Não podia dar errado. O corpo explodia. Retalhava-se. Espalhava-se por quilômetros. Não havia dor. Apenas o barulho do corpo fendendo o ar e o do trem, aterrador; depois o *ploc* do primeiro encontrando o segundo.

Cortar as veias do braço. Porque havia nisso alguma coisa de romântico. O banho, as velas, o vinho. Uma espécie de cerimônia amorosa. Como os banhos de Ariane Deume preparando-se para acolher o seu Senhor. Porque a dor da lâmina no pulso é ínfima e estética. Porque o sangue jorra, quente, reconfortante, e desenha flores vermelhas que eclodem na água e engendram sulcos de perfume. Porque não morremos de verdade, e sim dormimos. O corpo escorrega, o rosto afunda e se afoga num espesso e confortável veludo rubro e líquido; um ventre.

As enfermeiras do centro me ensinaram a matar apenas o que me matara.

Ali está ele, o nosso fujão.

Ficou pequenininho, encolheu. Sua testa está grudada no vidro do trem que corre e cuja velocidade desenha campos impressionistas e magistrais. Ele dá as costas para os outros passageiros, como uma criança manhosa; não se trata de manha, mas de traição, de punhalada.

Ele descobrira o cheque. Esperara que ela falasse. Levara-a a Le Touquet para isso; para nada. Então adivinhara Jocelyne, pressentira sua necessidade de calma, sua ternura pelas coisas duradouras. Pegara o dinheiro porque ela iria queimá-lo. Ou doá-lo. Vitimas de miopatia babões, pequenos cancerosos luzidios. Era mais dinheiro do que ele poderia ganhar em seiscentos anos de Häagen-Dazs. Agora ele soluça a semente de uma autorrepulsa, a aterradora eclosão. A passageira ao lado, sussurrando, pergunta: está tudo bem, cavalheiro? Ele a tranquiliza com um gesto cansado. O vidro do trem esfria sua testa. Ele se lembra da mão doce e fresca de Jocelyne quando ele foi quase levado pela febre maligna. As imagens bonitas sempre voltam à superfície quando queremos afogá-las.

Quando o trem chega à estação de Bruxelas-Midi de madrugada, ele espera todos os passageiros desembarcarem para deixar o vagão. Seus olhos estão vermelhos; como os dos homens insones, aglutinados a fim de se aquecer nas biroscas ventosas das estações; homens que mergulham o biscoito maria ou o pãozinho em seus cafezinhos pretos feito piche. É o primeiro café da sua vida nova e não está bom.

Escolheu a Bélgica porque lá falam francês. É a única língua que ele conhece. E olhe lá. Nem todas as palavras, dissera a Jocelyne quando a cortejara atrapalhadamente; ela rira, pronunciara esta: *simbiose*, ele fez não com a cabeça, então ela lhe explicara que era o que ela esperava do amor e seus corações dispararam.

Ele caminha sob o chuvisco que pinica sua pele. Observem, faz um esgar, fica feio. Era bonito quando Jocelyne olhava para ele. Era o próprio Venantino Venantini. Em certos dias, era o homem mais bonito do mundo. Ele atravessa o boulevard du Midi, percorre o de Waterloo, sobe a avenue Louise, a rue de la Régence até a place du Grand-Sablon. É onde fica a casa que alugou. Pergunta-se por que escolheu uma tão grande. Talvez acredite no perdão. Talvez acredite que Jocelyne virá encontrá-lo um dia; que um dia compreendemos as coisas que não explicamos. Que um dia todos se reúnem, inclusive os anjos e as filhinhas mortas. Rumina que deveria ter procurado a definição de *simbiose* no dicionário, desde aquela época. Mas por enquanto a excitação prevalece. É um homem rico. Seu bel-prazer é soberano.

Compra um carro vermelho superpotente e caro, um Audi A6 RS. Compra um relógio Patek Philippe com calendário anual, um Omega Speedmaster Moonwatch. Uma tevê de tela plana da marca Loewe e a edição de colecionador da trilogia Jason Bourne. Alcança seus sonhos. Compra uma dúzia de camisas Lacoste. Botas Berluti. Weston. Bikkembergs. Manda fazer um terno sob medida no Dormeuil. Outro na Dior, que ele não gosta. Joga fora. Contrata uma faxineira para o casarão. Almoça nos cafés ao redor da Grande-Place. El Gréco. Le Paon. À noite, pede uma pizza ou um sushi. Mergulha novamente na cerveja, a autêntica; a dos homens perdidos, dos olhares turvos. Gosta da Bornem Triple, adora a vertigem da Kasteelbier, que alardeia seus 11º de álcool. Suas feições se adensam. Engorda lentamente. Passa as tardes nas varandas dos bares tentando fazer amigos. As conversas são raras. As pessoas estão sozinhas com seus celulares. Lançam milhares de palavras no vazio de suas vidas. No escritório de turismo da rue Royale, recomendam-lhe um cruzeiro para solteiros pelos canais de Bruges; há duas mulheres para vinte e um famintos; é um filme ruim.

No fim de semana, ele vai ao mar. Em Knokke-le-
-Zoute, hospeda-se no Manoir du Dragon ou no
Rose de Chopin. Empresta dinheiro que não vê
mais. Às vezes sai à noite. Frequenta boates. Troca
alguns beijos tristes. Tenta seduzir umas garotas.
Elas riem. A coisa não transcorre muito bem. Ele
paga inúmeras taças de champanhe e às vezes consegue tocar um seio, um sexo exaurido, violáceo.
Suas noites são roxas, frias e desencantadas. Volta
sozinho. Bebe sozinho. Ri sozinho. Vê filmes sozinho. Às vezes pensa em Arras, então abre outra
cerveja para se distanciar, recolocar as coisas na
imprecisão.

Às vezes, escolhe uma garota na internet,
como se fosse uma sobremesa num carrinho de restaurante. A garota vem entregar-se no escuro de
seu casarão, engole suas cédulas e apenas o chupa
porque ele não consegue uma ereção. Observem-
-no depois que ela bate a porta: ele escorrega para
o ladrilho frio, é uma tragédia sórdida, encolhe-
-se todo, é um cachorro velho; soluça, baba seus
medos e seu muco, e das sombras de sua noite nenhuma benevolente estende-lhe os braços para o
recolher.

Jocelyn Guerbette fugiu há dez meses,
quando começa a tiritar de frio.

Toma uma ducha escaldante, mas o frio
não vai embora. A fumaça exala de sua pele e,
mesmo assim, ele treme. A polpa de seus dedos
está azul e enrugada, parece prestes a se soltar. Ele

quer voltar. Está isolado. O dinheiro não compra o amor. Falta Jocelyne. Ele pensa em sua risada, no cheiro de sua pele. Gosta de seu casamento, de seus dois filhos vivos. Gosta do medo que costumava sentir, de que ela fosse bonita demais, inteligente demais para ele. Gostava da ideia de poder perdê-la, aquilo o fazia um marido melhor. Gosta quando ela ergue os olhos de um livro para lhe sorrir. Gosta de suas mãos firmes, seus sonhos esquecidos de estilista. Gosta de seu amor e de seu calor e compreende subitamente o frio, o glacial. Ser amado esquenta o sangue, aferventa o desejo. Ele sai arrepiado do chuveiro. Não soca a parede como fazia, e há nem tanto tempo assim. Conseguiu domar seu sofrimento por Nadège, não toca mais no assunto; para não fazer Jocelyne sofrer ainda mais.

Não abre a garrafa de cerveja. Seus lábios tremem. Sua boca está seca. Observa o grande salão à sua volta, o vazio. Não gosta daquele sofá branco. Da mesa de centro dourada. Das revistas dispostas para fazer bonito, que ninguém lê. Esta noite, não gosta mais do Audi vermelho, do relógio Patek, das garotas pagas e que não se tomam nos braços; de seu corpo estufado, de seus dedos inchados nem daquele frio.

Não abre a garrafa de cerveja. Levanta-se, deixa acesa a luminária da entrada, se porventura Jocelyne vier procurá-lo esta noite, se porventura uma indulgência golpeá-la, e sobe. É uma grande escadaria, imagens de queda afloram. *Um corpo que cai. E o ventou levou. O encouraçado Potemkin.* Sangue se esvaindo dos ouvidos. Ossos quebrados.

Seus dedos agarram-se ao corrimão; a ideia do perdão só começa quando nos levantamos.

Parte para Londres. Duas horas de trem e de mãos úmidas. Como quando vamos a um primeiro encontro amoroso. Quarenta metros abaixo do nível do mar, ele sente medo. Vai visitar Nadine. Ela se recusou de início. Ele insistiu muito. Quase suplicava. Um assunto de vida ou morte. Descobriu essa expressão extremamente melodramática, mas ela a fez sorrir, e foi nesse sorriso que ele mergulhou.

Marcaram encontro no Caffè Florian, no terceiro andar da famosa loja Harrods. Ele chega antes da hora. Quer poder escolher a mesa certa, a cadeira certa. Quer vê-la chegar. Ter tempo de reconhecê-la. Sabe que o sofrimento redesenha os rostos, muda a cor dos olhos. Uma garçonete se aproxima. Com um gesto, ele sinaliza não querer nada. Sente vergonha de não conseguir dizer em inglês: estou esperando minha filha, não estou muito bem, senhorita, estou com medo, fiz uma tremenda besteira.

Ali está ela. Está bonita e magra e ele revê a graça, a perturbadora palidez de Jocelyne no armarinho da sra. Pillard, numa época em que ele jamais teria imaginado virar um ladrão, um assassino. Levanta-se. Ela sorri. É uma mulher; como o tempo voa. Suas mãos tremem. Não sabe o que fazer. Mas ela aproxima o rosto. Beija-o. Bom dia, papai. *Papai*; há mil anos. Ele precisa sentar. Não está passando muito bem. Está com falta de ar. Ela pergunta se tudo ok. Ele responde que sim, sim, é a emoção, estou muito feliz. Você está tão bonita. Ousou dizer isso à filha. Ela não ruboriza. Está pálida, na verdade. Ela diz: é a primeira vez na minha vida que você fala isso, papai, uma coisa tão pessoal. Ela poderia chorar, mas é forte. Quem chora é ele, o velho. Ele que desaba. Escutem-no. Você é tão bonita, minha filhinha, igualzinha à mãe. Igualzinha à mãe. A garçonete se aproxima de novo, desliza, silenciosa como um cisne. Calmamente, Nadine emite *in a few minutes, please*, e Jocelyn compreende pela música da voz de sua filha viva que tem uma chance de lhe falar e que essa chance é agora. Então se atira. Desamparado. Roubei sua mãe. Eu a traí. Fugi. Estou com vergonha e sei que a vergonha é sempre tardia. Eu. Eu. Procura as palavras. Eu. As palavras não vêm. É difícil. Diga como posso ser perdoado. Me ajude. Nadine ergue a mão. Já terminou. A garçonete chega. *Two large coffees, two pieces of fruit cake; yes, madam*, o ladrão não compreende nada mas aprecia a voz da filha. Observam-se. O sofrimento mudou a cor dos olhos de Nadine. Tinha-os azuis antes, no tempo de Arras. Agora são cinza, um cinza de chuva; uma rua secando. Ela olha para o pai. Procura no rosto triste e turvo aquele que sua mãe amou. Tenta redescobrir as feições do ator italiano, a risada clara, os dentes brancos. Lembra-se do belo rosto que a beijava à noite quando ela ia dormir; dos beijos de seu pai, que tinham gosto de sorvete de creme, de cookie, de bombom, de banana, de caramelo. O que vivemos de bonito torna-se feio porque a pessoa que embelezava sua vida o traiu? A dádiva maravilhosa de um filho torna-se ignóbil porque o filho virou assassino? Não sei, papai, diz Nadine. Só sei que mamãe não está bem; que, para ela, o mundo caiu.

E quando ela acrescenta, cinco segundos mais tarde, o mundo caiu para mim também, ele sabe que terminou.

Estende a mão na direção do rosto da filha; gostaria de tocá-lo, acariciá-lo pela última vez, aquecer-se nele, mas sua mão gelada se petrifica. É uma despedida curiosa e triste. Nadine finalmente abaixa os olhos. Ele compreende que ela permite que ele se vá sem lhe fazer a afronta de assistir à fuga de um covarde. É seu presente por ter elogiado sua beleza.

No trem de volta, ele se lembra das palavras da própria mãe quando lhe anunciaram que seu marido acabava de morrer de um infarto no escritório. Ele me abandonou, seu pai nos abandonou! Patife, patife! E, mais tarde, após o enterro, quando soube que o coração explodira quando ele tentava escapar das garras da almoxarife, uma divorciada sôfrega, ela se calara. Definitivamente.

Engolira as palavras, costurara a boca e Jocelyn ainda criança vira o câncer do mal dos homens no coração das mulheres.

Em Bruxelas, vai à livraria Tropismes, na galeria des Princes. Lembra-se do livro do qual ela às vezes erguia os olhos para lhe sorrir. Era bonita lendo. Parecia feliz. Ele pede *Bela do Senhor*, escolhe a versão capa dura, a que ela lia. Compra um dicionário também. Em seguida, passa os dias mergulhado na leitura. Procura a definição das palavras que não compreende. Quer descobrir o que a fazia sonhar, o que a deixava tão bela e a fazia às vezes erguer os olhos para ele. Talvez visse Adrien Deume e talvez o amasse justamente por isso. Os homens pensam que são atraentes como Senhores, ao passo que são simplesmente assustadores. Escuta os suspiros de Bela; os solilóquios da *religiosa do amor*. Às vezes entedia-se com os longos monólogos. Pergunta-se por que não há mais pontuação ao longo de várias páginas; lê então o texto em voz alta e, no eco do grande salão, sua respiração se altera, acelera; sente subitamente uma vertigem, como no ápice de um arrebatamento; alguma coisa de feminino, gracioso, e compreende a felicidade de Jocelyne.

Mas o final é cruel. Em Marselha, Solal derrota Ariane, obrigando-a a ir para a cama com o ex-amante; a bela é uma cocote sem graça. E vem a derrocada genebrina. Ao fechá-lo, Jocelyn se pergunta se o livro não estimulava a mulher a pensar que havia superado "o tédio e o fastio" que consumiram os amantes romanescos e alcançado, à sua maneira, um amor cuja perfeição não estava nas costuras, nos penteados e nos chapéus, mas na confiança e na paz.

Bela do Senhor talvez fosse o livro da perda e Jocelyne o lesse para avaliar o que conseguira salvar.

Quer voltar agora. Tem um monte de palavras para ela; palavras que nunca pronunciara. Agora sabe o que *simbiose* quer dizer.

Tem medo de telefonar. Medo da própria voz. Medo de que ela não atenda. Medo dos silêncios e dos soluços. Ele se pergunta se não deve simplesmente voltar, chegar hoje à noite na hora sossegada do jantar, enfiar a chave na fechadura, empurrar a porta. Acreditar nos milagres. Na canção de Reggiani, na letra de Dabadie, *Est-ce qu'il y a quelqu'un/ Est-ce qu'il y a quelqu'un/ D'ici j'entends le chien/ Et si tu n'est pas morte/ Ouvre-moi sans rancune/ Je rentre un peu tard je sais.** Mas e se ela mudou a fechadura. Mas e se ela não estiver lá. Decide então escrever uma carta.

Mais tarde, semanas depois, quando a carta está terminada, ele a leva à agência dos correios da place Poelaert, perto do Palácio da Justiça. Está preocupado. Pergunta várias vezes se a remes-

---

* Em tradução livre: "Alguém em casa? Alguém em casa?/ Daqui ouço o cachorro/ E se você não estiver morta/ Abra para mim sem rancor/ Sei que estou chegando um pouco tarde." (N.T.)

sa simples é suficiente. É uma carta importante. Observa a mão que joga no cesto sua mensagem repleta de esperanças e desabafos; e logo em seguida outras cartas caem, cobrem a sua, asfixiam-na, fazem-na desaparecer. Ele se sente perdido. Está perdido.

Entra no casarão vazio. Sobrou apenas o sofá branco. Vendeu tudo, deu tudo. O carro, o televisor, Jason Bourne, o Ômega, não encontrou o Patek, dane-se.

Espera no sofá branco. Espera que uma resposta deslize debaixo da porta. Espera, espera e nada acontece. Sente calafrios e, à medida que os dias passam, estáticos, o frio entorpece seu corpo. Parou de comer, não se mexe mais. Bebe míseros goles de água e, quando as garrafas estão vazias, não bebe mais. Às vezes, chora. Às vezes, fala sozinho. Pronuncia os nomes deles. Era a simbiose, ele não enxergara.

Quando começa sua agonia, está feliz.

O mar está cinzento em Nice.
A rebentação ao longe. Rendados de espuma. Algumas velas agitando-se, como mãos pedindo socorro e que ninguém alcançará mais.
É inverno.
A maioria das persianas dos prédios do Passeio dos Ingleses continua fechada. São como curativos em fachadas deterioradas. Os velhos estão recolhidos em casa. Veem as notícias na televisão, a previsão nada boa da meteorologia. Mastigam demoradamente antes de engolir. Fazem subitamente as coisas durar. Depois adormecem no sofá, com a manta sobre as pernas, o aparelho ligado. Precisam resistir até a primavera, caso contrário serão encontrados mortos; com as temperaturas dos primeiros dias quentes, os cheiros nauseabundos se insinuarão sob as portas, nas lareiras, nos pesadelos. As crianças estão longe. Só chegam nos primeiros dias de verão. Quando podem aproveitar o mar, o sol, o apartamento do vovô. Retornam quando podem

tomar as medidas, planejar seus sonhos: aumentar o salão, reformar os quartos, o banheiro, instalar uma lareira, colocar um vaso de oliveira na sacada e um dia comer suas próprias azeitonas.

Há cerca de um ano e meio, eu estava sentada aqui, sozinha, no mesmo lugar, na mesma estação. Sentia frio e esperava por ele.

Eu acabava de sair viva, resserenada, das enfermarias do centro. Em poucas semanas, matara alguma coisa em mim.

Alguma coisa de terrível a que chamam bondade.

Eu permitira que ela saísse de mim, como um pus, uma criança morta; um presente que damos e tiramos em seguida.

Uma atrocidade.

Há uns dezoito meses eu me deixara morrer a fim de parir outra. Mais fria, mais angulosa. A dor sempre nos remodela de uma forma curiosa.

E depois a carta de Jo chegara, pequeno clímax no luto daquela que um dia fui. Um envelope remetido da Bélgica; no verso, um endereço em Bruxelas, place du Grand-Sablon. Dentro, quatro páginas de uma letra imprecisa. Frases espantosas, palavras novas, como que saídas diretamente de um livro. *Sei agora, Jo, que o amor tolera mais facilmente a morte que a traição.** Sua letra medro-

---

* Nas palavras de André Maurois (1885-1967), "O amor tolera mais facilmente a ausência ou a morte do que a dúvida ou a traição".

sa. No fim, ele queria voltar. Só isso. Voltar para nossa casa. Reencontrar a casa. Nosso quarto. A fábrica. A garagem. Seus pequenos móveis remendados. Reencontrar nossas risadas. E o Radiola e as cervejas sem álcool e os colegas aos sábados, meus únicos amigos de verdade. *E você*. Queria me reencontrar, a mim. Re-ser amado por você, ele escrevia, e compreendi: *amar é compreender*.* Ele prometia. Serei perdoado. Tive medo, fugi. Jurava. Esgoelava-se. Te amo, escrevia. Sinto sua falta. Estava sem ar. Não mentia, sei disso; mas era tarde demais para suas palavras esmeradas e bonitas.

Minhas prodigalidades misericordiosas haviam derretido. O gelo aflorava. Cortante.

À sua carta, ele juntara um cheque.

Quinze milhões, cento e oitenta e seis mil e quatro euros e setenta e dois centavos.

Nominal para Jocelyne Guerbette.

Pronto, peço-lhe perdão, diziam os algarismos. Perdão pela minha traição, minha covardia; perdão pelo meu crime, meu desamor.

Três milhões, trezentos e sessenta e um mil e duzentos e noventa e seis euros e cinquenta e seis centavos triunfaram sobre seu sonho e o asco de si mesmo.

Decerto comprara seu Porsche, seu televisor tela plana, a íntegra dos filmes do espião inglês,

---

* Segundo Françoise Sagan (1935-2004), "Amar não é 'simplesmente amar', é acima de tudo compreender" (in *Qui je suis*).

um Seiko, um Patek Philippe, um Breitling talvez, reluzente, rutilante, algumas mulheres mais jovens e bonitas que eu, depiladas, esticadas, perfeitas; decerto passara maus momentos, como sempre quando se possui um tesouro — lembrem-se do gato e da raposa que roubam as cinco moedas que Stromboli entregara a Pinóquio; decerto vivera um tempo como um príncipe, como sempre almejamos fazer quando a fortuna cai bruscamente na nossa cabeça, para se vingar por não tê-la possuído mais cedo ou, simplesmente, não tê-la possuído. Hotéis cinco estrelas, Taittinger Comtes de Champagne, caviar e, depois, os fricotes, posso muito bem imaginar meu ladrão: não gosto desse quarto, o chuveiro vaza, a carne veio passada, os lençóis arranham; quero outra garota; quero amigos.
Quero o que perdi.
Nunca respondi à carta do meu assassino. Deixei-a escorregar, fugir de minha mão — as folhas borboletearam por um instante e, quando tocaram finalmente o chão, reduziram-se a cinzas e comecei a rir.

Minha última lista.
Ir ao cabeleireiro, fazer as mãos e depilação. (Pela primeira vez na vida arrancar os pelos das pernas/axilas/virilhas — mas não tudo, enfim — por alguém que não seja eu, hum, hum.)
Passar duas semanas em Londres com Nadine e seu namorado ruivo.
Dar um dinheiro a ela para fazer o próximo curta. (Ela me enviou o roteiro, a partir de um conto de Saki, é genial!!!)
Abrir uma poupança para o vigarista do meu filho.
Escolher um novo guarda-roupa. (Visto 38 agora!!!!! Homens sorriem para mim na rua!!!!!)
Organizar uma exposição dos desenhos da mamãe.
Comprar uma casa com um grande jardim e uma varanda de onde se veja o mar, Cap Ferrat, onde papai ficará bem. Lembrar de não perguntar o preço, apenas fazer o cheque, com <u>desenvoltura</u> :-)

Trazer o túmulo da mamãe para perto de mim e de papai. (No jardim da casa mencionada?)

Dar um milhão para alguém aleatoriamente. (Quem? Como?)

Morar com ele. (Ao lado, na verdade.) E esperar :-(

E isso é tudo.

Realizei todas as coisas da minha última lista exceto por dois detalhes. Finalmente fiz uma depilação íntima integral — é curioso, supergarotinha — e ainda não decidi a quem dar um milhão. Espero o sorriso inesperado, uma notícia de desgraça no jornal, um olhar triste e benevolente; espero um sinal.

Passei duas semanas maravilhosas em Londres com minha filha. Redescobri os momentos antigos, quando a crueldade de Jo me levava a buscar refúgio em seu quarto, onde ela afagava meus cabelos até que eu recuperasse a calma de um lago. Ela me achou bonita, achei-a feliz. Fergus, seu namorado, é o único irlandês da Inglaterra que não bebe cerveja e esse detalhe me fez sentir uma mãe realizada. Certa manhã, ele nos levou a Bristol e me fez visitar o estúdio Aardman, onde ele trabalhava; deu meu rosto a uma florista pela qual Gromit passava correndo perseguido por um cão minúsculo. Foi um dia belo como a infância.

Quando nos despedimos em Saint-Pancras, não choramos. Nadine contou que o pai fora visitá-la recentemente, parecia perdido, mas não escutei, depois sussurrou palavras de mãe ao meu ouvido: você merece uma vida bonita, mamãe, você é uma pessoa direita, tente ser feliz com ele.

Ele. Meu Vittorio Gassman; já se vai também mais de um ano e meio que vivo a seu lado. Ele continua tão bonito como no dia de nosso beijo no Negresco, seus lábios conservaram o perfume do Orange Pekoe, mas, quando ele beija os meus agora, meu coração não dispara, minha pele não se arrepia.

Ele foi a única ilha no meu sofrimento.

Telefonei assim que o chefe de Jo me confirmou que ele tirara uma semana de licença. O dia em que me soube traída. Telefonei sem acreditar um instante que ele se lembrasse de mim, talvez não passasse de um predador que adormecia a fidelidade das mulheres com uma xícara de chá no bar do Negresco, sob a deliciosa tentação de dezenas de quartos livres. Ele me reconheceu imediatamente. Estava esperando, disse. Sua voz era grave, calma. Ele me escutou. Ouviu minha raiva. Compreendeu a mutilação. E pronunciou suas três palavras reverenciais, *Posso ajudá-la?*.

O sésamo que me abria. Finalmente me rasgava. Fazia de mim a *Bela* etérea; Ariane Deume à beira do vazio numa certa sexta-feira genebrina de setembro de 1937.

Aceitei sua ajuda. Me entreguei.

Vamos diariamente à praia e diariamente nos sentamos sobre o incômodo cascalho. Eu não quis cadeirinhas de lona nem almofadas. Quero tudo como no nosso primeiro dia, o dia do meu sonho de virtual amante; quando decidi que nem a maldade de Jo nem a minha solidão eram razões suficientes. Não me arrependo de nada. Eu me ofertara a Jo. Amara-o sem resistência nem segundas intenções. Terminara por cultivar a lembrança de sua mão úmida por ocasião de nosso primeiro encontro na tabacaria des Arcades; ainda me acontecia chorar de alegria quando fechava os olhos e ouvia suas primeiras palavras, *é você que é uma maravilha*. Me acostumara a seu cheiro acre, animal. Perdoara-o diversas vezes porque o amor pede muitos perdões. Eu me preparara para envelhecer ao seu lado sem que ele jamais houvesse me dirigido palavras bonitas, uma frase floreada, vocês sabem, essas idiotices que viram a cabeça das garotas e as tornam fiéis para sempre.

Tentei emagrecer não para que ele me achasse mais bonita, mas para que sentisse orgulho de mim.

Você é linda, me diz agora o beneficiário disso, enquanto eu queria ser linda para outro; mas gostaria de vê-la sorrir às vezes, Jo. É um homem bom; que não conheceu a traição. Seu amor é paciente.

Às vezes, à noite, quando voltamos para casa, sorrio diante dessa imensa e deslumbrante mansão de Villefranche-sur-Mer, cuja escritura de compra assinei *com desenvoltura* e o cheque *com ligeireza*; é quando encontro papai, sentado no terraço, na companhia da enfermeira; papai que olha o mar e, com seus olhos de criança, procura desenhos nas nuvens: ursos, mapas de terras prometidas, desenhos de mamãe.

Sorrio durante seis minutos, quando invento para ele uma vida nova no frescor da noite.

Você é um grande médico, papai, um pesquisador emérito; recebeu a comenda de cavaleiro da Legião de Honra por indicação do ministro Hubert Curien. Você criou um medicamento contra a ruptura de aneurisma baseado na enzima 5-lipoxigenase e está na lista do Nobel. Você tinha até preparado um discurso em sueco e todas as noites vinha ensaiá-lo no meu quarto e eu ria de sua dicção gutural e grave. Mas foi Sharp e Roberts que o abocanharam aquele ano, por sua descoberta dos genes duplicados.

Isso foi ontem à noite e papai apreciara sua vida.

Hoje à noite: você é um contratenor fabuloso. Você é irresistível, as mulheres uivam, seus corações disparam. Você estudou na Schola Cantorum da Basileia e foi o *Giulio Cesare in Egitto*, de Händel, que o tornou uma celebridade; exatamente, e foi assim que você conheceu mamãe. Ela cumprimentou-o após sua apresentação, foi ao seu camarim, segurava rosas sem espinhos na mão, chorava; você se apaixonou por ela e ela o resgatou em seus braços.

Lágrimas brotaram-lhe nos olhos, cintilantes, felizes.

Amanhã direi que você foi o pai mais maravilhoso e fantástico do mundo. Falarei do banho de chuveiro que mamãe o obrigava a tomar assim que você chegava porque temia que o cloreto de didecil nos transformasse em monstros alienígenas. Discorrerei sobre nossas partidas de Banco Imobiliário, revelarei que você trapaceava para me deixar ganhar e confessarei que uma vez você me achou bonita, que acreditei em você e que isso me fez chorar.

Sim, sorrio à noite; às vezes.

A casa está silenciosa.

Papai dorme no quarto fresco do térreo. A enfermeira saiu para encontrar o noivo; é um rapaz alto, com sorriso bonito, tem sonhos de África, escolas e poços (um candidato para o meu milhão?).

Acabamos de tomar um chá, meu Vittorio Gassman e eu, no sombreado do terraço; sua mão tremia dentro da minha, sei que não posso ter certeza, o vento sem dúvida, um cisco talvez; devo parecer muito intranquila agora para um homem, não posso fazer nada.

Ele se levantou em silêncio, pousou um beijo em minha testa: não demore muito, Jo, vou esperar; e antes de ir esperar em nosso quarto uma cura que não se dará esta noite, ele colocou um CD com uma ária de Mozart que adoro, suficientemente alto para que irrigasse o terraço sem acordar o fabuloso contratenor, o trapaceiro do Banco Imobiliário e o quase prêmio Nobel.

E esta noite, como todas as noites, num playback perfeito, meus lábios esposam os de Kiri Te Kanawa e articulam o perturbador recitativo da condessa Almaviva: *Dove sono i bei momenti/ Di dolcezza e di piacer?/ Dove andaro i giuramenti/ Di quel labbro menzogner?/ Perché mai se in pianti e in pene/ Per me tutto si cangio/ La memoria di quel bene/ Dal mio sen non traspasso?**

Canto para mim, em silêncio, o rosto voltado para o mar escuro.

Sou amada. Mas deixei de amar.

---

* "Onde estão os belos momentos/ De ternura e prazer?/ Onde estão as juras/ Desses lábios mentirosos?/ Por que, se tudo se transformou para mim/ Em lágrimas e dor,/ Por que sua lembrança/ Não abandonou meu coração?" (*As bodas de Fígaro*, III ato).

De: mariane62@yahoo.fr
Para: jo@dedosdeouro.com
  Bom dia, Jo. Sou fã do seu blog desde o início. Ele me consolou durante um período em que minha vida não andava muito bem e me permitiu me agarrar às suas linhas de cerzir e outras pontas de lã Azurita para não cair... Graças a você e suas palavras bonitas, não caí. Obrigada de todo o coração. É minha vez de me colocar à sua disposição, se quiser, se precisar. Eu queria que soubesse. Mariane.

De: sylvie-poisson@laposte.net
Para: jo@dedosdeouro.com
  Adoro seu blog. Mas por que não escreve mais nele? Sylvie Poisson, de Jenlain.
  PS. Não digo que os artigos de Mado e Thérèse não sejam bons, mas não é a mesma coisa :-)

De: mariedorves@yahoo.fr
Para: jo@dedosdeouro.com

Bom dia, si lembra di mim? Vossê mi respondeu com muitia bondade quandu inviei meus voto de melioras a seu maridu qui está com a gripe hn. Vossê paresse tao apaixonada por ele que issu me fez bem. Meu maridu morreu faiz poco tempo du trabalhu recebeu uma maquina de cimentu na cabeça na obra e foi sua palavra que li no cemitério quando vossê dizia qui a gente so tem um unico amor e o meu foi ele, o meu Jeannot. Ele mi faz fauta e vossê também. Pronto, mi despeço porque comessei a xorar.

De: françoise-et-daniele@coiffesthetique.arras.fr
Para: jo@dedosdeouro.com

Jo, você é dooooida! Maluca! Maluca, dez vezes maluca! Eles são demais. E com aqueles riscos azuis e vermelhos cruzados no teto e os espelhinhos cromados são lindos, lindos, lindos como na canção de Cloclo! São os Mini mais fofos do mundo. As pessoas no bairro pensam que foi a gente que ganhou! Você acredita? Estamos cheias de pretendentes agora, eles mandam flores, poemas e chocolates. Vamos terminar obesas!!!!! Tem inclusive um garoto de quinze anos que está apaixonado por nós duas e quer fugir com a gente. Ele espera pela gente todas as noites com sua mala atrás da torre do sino, pode? Uma noite, a gente se escondeu pra ver a cara dele, é uma gracinha!!!

Quinze anos, você acredita? E ele quer nós duas, ah! Na última carta, ele falou que se mataria se a gente não aparecesse, é supersexy! O salão está cheio o tempo todo, tivemos que contratar duas garotas, uma delas a Juliette Bocquet, talvez se lembre dela, ela tinha transado com Fabien Derôme e a coisa desandou porque os pais achavam que ele tinha engravidado ela, enfim, tudo isso é passado. O fato é que, com os seus Mini, somos as belas de Arras agora e em breve vamos visitar você, mesmo que não queira, vamos fazer uma surpresa. Bom, a gente suspeita que você sabe o que aconteceu com o Jo, como os vizinhos avisaram a polícia por causa do cheiro; foi um choque pra todo mundo aqui, ainda mais porque ele sorria, mas o assunto morreu pra nós.

 Já são quase duas horas, vamos nos despedindo, Jo, vamos fazer nossa fezinha na loteria e depois voltar pra abrir o salão. Mandamos milhares de beijos. As gêmeas que te amam.

De: fergus@aardman-studios.uk
Para: jo@dedosdeouro.com
  Hi beautiful mamãe. Just estas few words para dizer que Nadine está esperando baby e ela não ousa me dizer estamos very very happy. Não demore, ela need you. Warm kisses. Fergus.

De: faouz_belle@faouz_belle.be
Para: jo@dedosdeouro.com
    Bom dia, sra. Guerbette.
    Meu nome é Faouzia, moro em Knokke-le-Zoute, onde conheci seu marido. Ele falava o tempo todo da senhora, do seu armarinho, do seu site; às vezes chorava e me pagava para consolar ele. Fiz apenas o meu trabalho e sei que não me odeia por isso. Antes de partir, ele me deu um relógio Patek, e, recentemente, vendo quanto custava, achei que devia ir para você. Agradeço se me disser para onde posso enviar ele. Sinto muito pelo que aconteceu. Faouzia.

De: maelysse.quemener@gmail.fr
Para: jo@dedosdeouro.com
    Procuro linha de bordado *mouliné* cinza-gaivota, a senhora tem? E sabe se existem cursos de tapeçaria em crochê na região de Bénodet? Eu gostaria de saber. Obrigada pela ajuda.

Agradecimentos

A Karina Hocine, que fascina.

A Emmanuelle Allibert, a assessora de imprensa mais cativante.

A Claire Silve, sua revigorante exigência.

A Grâce, Sibylle e Raphaële, que foram as primeiras três amigas de Jocelyne.

A todas as blogueiras, leitoras e leitores que me incentivaram depois de *L'Écrivain de la famille*, cujo entusiasmo e amizade me inspiraram a alegria deste livro.

A todos os livreiros que defenderam meu primeiro romance.

A Valérie Brotons-Bedouk, que me fez gostar de *As bodas de Fígaro*.

A Dana, finalmente, que é a tinta de tudo.

Este livro foi impresso
pela Lis gráfica para a
Editora Objetiva em
agosto de 2013.